詩言志辨

朱自清 著

貴州出版集團
貴州人民出版社

圖書在版編目（CIP）數據

詩言志辨 / 朱自清著 . -- 貴陽 : 貴州人民出版社 , 2024. 9. -- ISBN 978-7-221-18604-1

Ⅰ . I207.22

中國國家版本館 CIP 數據核字第 2024DA7063 號

詩言志辨

朱自清　著

出 版 人　朱文迅
責任編輯　馮應清
裝幀設計　采薇閣
責任印製　衆信科技

出版發行　貴州出版集團　貴州人民出版社
地　　址　貴陽市觀山湖區中天會展城會展東路 SOHO 辦公區 A 座
印　　刷　三河市金兆印刷裝訂有限公司
版　　次　2024 年 9 月第 1 版
印　　次　2024 年 9 月第 1 次印刷
開　　本　710 毫米 ×1000 毫米 1/16
印　　張　13
字　　數　78 千字
書　　號　ISBN 978-7-221-18604-1
定　　價　88.00 元

出版説明

《近代學術著作叢刊》選取近代學人學術著作共九十種，編例如次：

一、本叢刊遴選之近代學人均屬于晚清民國時期，卒于一九一二年以後，一九七五年之前。

二、本叢刊遴選之近代學術著作涵蓋哲學、語言文字學、文學、史學、政治學、社會學、目録學、藝術學、法學、生物學、建築學、地理學等，在相關學術領域均具有代表性，在學術研究方法上體現了新舊交融的時代特色。

三、本叢刊遴選之近代學術著作的文獻形態包括傳統古籍與現代排印本，爲避免重新排印時出錯，本叢刊據原本原貌影印出版。原書字體字號、排版格式均未作大的改變，原書之序跋、附注皆予保留。

四、本叢刊爲每種著作編排現代目録，保留原書頁碼。

五、少數學術著作原書内容有些許破損之處，编者以不改變版本内容爲前提，稍加修補，難以修復之處保留原貌。

六、原版書中個别錯訛之處，皆照原樣影印，未作修改。

由于叢刊規模較大，不足之處，懇請讀者不吝指正。

詩言志辨　目録

正變

詩言志辨

朱自清著

詩言志辨

開明書店印行

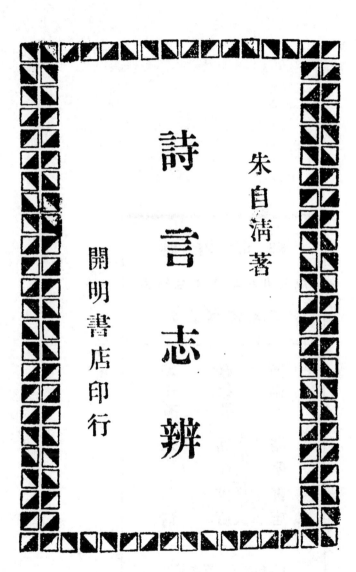

詩言志辨

民國三十六年八月初版

每冊定價國幣二元

著作者　朱自清

發行者　開明書店　代表人范洗人

印刷者　開明書店

(98P.) K　　辨

序

西方文化的輸入改變了我們的「史」的意念，也改變了我們的「文學」的意念。我們有了文學史，並且將小說、詞曲都放進文學史裏，也就是放進「文」或「文學」裏；而曲的主要部分，劇曲，也作爲戲劇討論，差不多得到與詩文平等的地位。我們有了王國維先生的宋元戲曲史，這是我們的第一部文學專史或類別的文學史。新文學運動加強了新的文學意念的發展。小說的地位增高，我們有了魯迅先生的中國小說史略。詞曲差不多昇到了詩裏；我們有劉毓盤先生的詞史，雖然只是講義，而且並未完成，還有王易先生的詞曲史。民間的歌謠和故事也昇到了文學裏，「變文」和彈詞等也跟着昇，於是乎有鄭振鐸先生的中國俗文學史。這裏特別要提出的是，在中國的文學批評稱爲「詩文評」的，也昇了格成爲文學的一類。陳鍾凡先生的中國文學批評史僅後於宋元戲曲史，但到郭紹虞先生的那一本出來，纔引起一般的注意，雖然那還只是上卷書。

從目錄學上看，俗文學或民間文學的歌謠部分雖然因爲用作樂歌，早得著錄，但別的部分差不多從不登大雅之堂。詞曲發展得晚，著錄得也晚。小說發展雖早，從前只附在子、史兩部裏，我們所謂小說的小說，到明代纔見著錄。詩文評的系統的著作，我們有詩品和文心雕龍，都作於梁代。可是一向只附在「總集」類的末尾；宋代纔另立「文史」類來容納這些書。這「文史」類後來演變爲「詩文評」類。著錄表示有地位，自成一類表示有獨立的地位；這反映着各類文學本身如何發展，並如何獲得一般的承認。

一類文學獲得一般的承認，卻還未必獲得與別類文學一般的平等的地位。小說、詞曲、詩文評，在我們的傳統裏，地位都在詩文之下；俗文學除一部分古歌謠歸入詩裏以外，可以說是沒有地位。西方文化輸入了新的文學意念，加上新文學的創作，小說、詞曲、詩文評，纔得昇了格，跟詩歌和散文平等，都成了正統文學。但俗文學還只是「俗」文學；雖是「文學」，還不能放進正統裏。所謂詞曲的平等地位，得分開來看。戲曲是歌劇，屬於戲劇類，與話劇平分天下。詞和散曲可以說是詩類，但就史的發展論，範圍跟影響都遠不如五七言詩，所以還只能附在詩裏；不過從「詩餘」、「詞餘」而成爲「詩」，從餘位昇到了正位，確是眞的。詩文評雖然極少完整的著作，但從本質上看，自然是文學批評。前些年蘇雪林女士曾著專文討論，結論是正的。現在一般似乎都承認了詩文評卽文學批評的獨立的平等的地位。

文學史的發展一面跟着一般史學的發展，一面也跟着文學的發展。這些年來我們的史學很快的進步，文學也有了新的成長，文學史確是改變了面目。但是改變面目是不夠的，我們要求新的血和肉。這需要大家長期的不斷的努力。一般的文學史如此，類別的文學史更顯然如此。而文學批評史似乎尤其難。一則一般人往往有種成見，以爲無創作才的纔去做批評工作，批評只是第二流貨色，因此有些人不願意研究它。二則我們的詩文評斷片的多，成形的少，不容易下手。三則我們的現代文學裏批評一類也還沒有發展；在各類文學中它是最落後的。現在我們固然願意有些人去試寫中國文學批評史，但更願意有許多人分頭來搜集材料，尋出各個批評的意念如何發生，如何演變——尋出它們的史跡。這個得認眞的仔細的考辨，一個字不放鬆，像漢學家考辨經史子書。這是從小處下手。希望努力的結果可以闡明批評的價値，化除一般人的成見，並堅強它那新獲得的地位。

詩文評的專書裏包含着作品和作家的批評，文體的史的發展，以及一般的理論，也包含着一些軼事異聞。這固然得費一番爬梳剔抉的工夫。專書以外，經史子集裏還有許多，卽使不更多，詩文評的材料，直接的或間接的。前者如「詩言志」，「思無邪」，「辭，達而已矣」，「脩辭立其誠」；後者如莊子裏「神」的意念和孟子裏「氣」的意念。這些纔是我們的詩文評的源頭，從此江淮河漢流貫我們整個文學批評史。至於選集、別集的序跋和評語，別集裏的序跋、書牘、傳誌，甚至評點書，還有三國志、世說新語、文選諸註裏，以及小說、筆記裏，也都五光十色，層出不窮。這種種是取不盡、用不竭的，入手越多越有意思。只要不掉以輕心，謹嚴的考證、辨析，總會有結果的。

我們的文學批評似乎始於論詩，其次論「辭」，是在春秋及戰國時代。論詩是論外交「賦詩」，「賦詩」是歌唱入樂的詩。論「辭」是論外交辭命或行政法令。兩者的作用都在政教。從論「辭」到論「文」還有一段曲折的歷史，這裏姑且不談；只談詩論。「詩言志」是開山的綱領，接着是漢代提出的「詩教」。漢代將「六藝」的教化相提並論，稱爲「六學」；而流行最廣的是「詩教」。這時候早已不歌唱詩，只誦讀詩。「詩教」是就讀詩而論，作用顯然也在政教。這時候「詩言志」，「詩教」兩個綱領都在告訴人如何理解詩，如何受用詩。但詩是不容易理解的。孟子說過「論詩者不以文害辭，不以辭害志」，確也說過知人論世。毛公釋「興詩」，似乎根據前者，後來稱爲「比興」；

鄭玄作詩譜，論「正變」，顯然根據後者。這些是方法論，是那兩個綱領的細目，歸結自然都在政教。

這四條詩論，四個批評的意念，二千年來都曾經過多多少少的演變。現代有人用「言志」和「載道」標明中國文學的主流，說這兩個主流的起伏造成了中國文學史。「言志」的本義原跟「載道」差不多，兩者並不衝突；現時卻變得和「載道」對立起來。「詩教」原是「溫柔敦厚」，宋人又以「無邪」爲「詩教」；這卻不相反而相成。「比興」的解釋向來紛無定論；可以注意的是這個意念漸漸由方法而變成了綱領。「正變」原只論「風雅正變」，後來卻與「文變」說聯合起來，論到詩文體的正變；這其實是我們固有的「文學史」的意念。

這本小書裏收的四篇論文，便是研究那四條詩論的史的發展的。這四條詩論，四個詞句，在各時代有許多不同的用例。書中便根據那些重要的用例試着解釋這四個詞句的本義跟變義，源頭和流派。但比興一篇卻只能從毛詩下手，沒有追溯到最早的源頭；文中解釋「賦」「比」「興」的本義，也只以關切毛詩的爲主。「賦」「比」「興」原來大概是樂歌的名稱，和「風」「雅」「頌」一樣。這一層已經有人在研究，但跟文學批詳無關，我們可以不論。毛詩的解釋跟作詩人之意相合與否，我們也不論。因爲我們要解釋的是「比興」，不是詩。

本書原擬名爲「詩論釋辭」，「辭」指詞句而言。後來因爲書中四篇論文是一套，而以「詩言志」一個意念爲中心，所以改爲今名。詩言志篇跟比興篇是抗戰前寫的，曾分別登載語言與文學和清華學報。詩教篇跟正變篇是近兩年中寫的。前者曾載人文科學學報；後者也給了清華學報，但這一期學報本身還未能印出。已發表的三篇都經過補充和修正；詩言志篇差不多重寫了一回。不過疏陋的地方必還不少，如承方家指教，深爲感謝。

目錄

詩言志

比興

一二

一 詩教

正變

詩言志

(一)獻詩陳志

今文尚書堯典記舜的話，命夔典樂，教胄子，又道：

詩言志㈠，歌永言，聲依永，律和聲；八音克諧，無相奪倫，神人以和。

鄭玄注云，

詩所以言人之志意也。永，長也，歌又所以長言詩之意。聲之曲折，又長言而爲之。聲中律乃爲和㈡。

這裏有兩件事：一是詩言志，二是詩樂不分家。左傳襄公二十七年也有「詩以言志」的話。那是說「賦詩」的，而賦詩是合樂的㈢，也是詩樂不分家。據顧頡剛先生等考證，堯典最早也是戰國時纔有的書㈣。那麼，「詩言志」這句話也許從「詩以言志」那句話來㈤，但也許彼此是獨立的。

說文三上言部云：

詩，志也。〔「志發於言」〕㈥从「言」，「寺」聲。

古文作「𧦧」，从「言」，「㞢」聲。楊遇夫先生（樹達）在釋詩一文裏說：「『志』字从『心』，『㞢』聲，『寺』字亦从『㞢』聲。『㞢』、『志』、『寺』古音蓋無二。……其以『㞢』爲『志』，或以『寺』爲『志』，音近假借耳。」又據左傳昭公十六年韓宣子「賦不出鄭志」的話，說「鄭志」即「鄭詩」；因而以爲「古『詩』『志』二文同用，故許（愼）徑以『志』釋『詩』㈦」。聞一多先生在歌與詩裏更進一步說道：

志字从「㞢」，卜辭「㞢」作「㞢」，从「止」下「一」，象人足停止在地上，所以「㞢」本訓停止。……「志」从「㞢」从「心」，本義是停止在心上。停在心上亦可說是藏心裏。

他說「志有三個意義：一、記憶，二、記錄，三、懷抱」。從這裏出發，他證明了「志與詩原來是一個字」㈧。但是到了「詩言志」和「詩以言志」這兩句話，「志」已經指「懷抱」了。左傳昭公二十五年云：

子太叔見趙簡子。簡子曰，「敢問何謂禮？」對曰：「吉也聞諸先大夫子產曰：『……民有好、惡、喜、怒、哀、樂，生於六氣。是故審則宜類，以制六志。哀有哭泣，樂有歌舞，喜有施捨，怒有戰鬬。喜生於好，怒生於惡。是故審行信令，禍福賞罰，以制死生。生，好物也；死，惡物也。好物，樂也；惡物，哀也。哀樂不失，乃能協於天地之性，是以長久。』」

孔穎達正義說：「此六志禮記謂之『六情』。在己爲情，情動爲志，情、志一也。」漢人又以「意」爲「志」，又說志是「心所念慮」，「心意所趣向」，又說是「詩人志所欲之事」㊈。情和意都指懷抱而言；但看子產的話跟子太叔的口氣，這種志，這種懷抱是與「禮」分不開的，也就是與政治、教化分不開的。

「言志」這詞組兩見於論語中。公冶長篇云：

> 顏淵、季路侍。子曰，「盍各言爾志？」子路曰，「願車馬衣裘與朋友共㊉，敝之而無憾。」顏淵曰，「願無伐善，無施勞。」子路曰，「願聞子之志！」子曰，「老者安之，少者懷之，朋友信之。」

先進篇記子路、曾皙、冉有、公西華「各言其志」，語更詳。兩處所記「言志」，非關修身，卽關治國，可正是發抒懷抱。還有，禮記檀弓篇記晉世子申生被驪姬讒害，他兄弟重耳向他道，「子蓋（盍）言子之志於公乎？」鄭玄注，「重耳欲使言見譖之意。」這也是教他陳訴懷抱。這裏申生陳訴懷抱，一面關係自己的窮通，一面關係國家的治亂。可是他不願意陳訴，他自己是死了，晉國也跟着亂起來。這種志，這種懷抱，其實是與政教分不開的。

詩經裏說到作詩的有十二處：

一、維是褊心，是以爲刺。（魏葛屨）

二、夫也不良，歌以訊之。（陳墓門）

三、是用作歌，「將母」來諗。（小雅四牡）

四、家父作誦，以究王訩。（小雅節南山）

五、作此好歌，以極反側。（小雅何人斯）

六、寺人孟子，作爲此詩。凡百君子，敬而聽之。（小雅巷伯）

七、君子作歌，維以告哀。（小雅四月）

八、矢詩不多，維以遂歌。（大雅卷阿）

九、王欲玉女，是用大諫。（大雅民勞）

十、雖曰「匪予」，既作爾歌。（大雅桑柔）

十一、吉甫作誦，其詩孔碩，其風肆好，以贈申伯。（大雅崧高）

十二、吉甫作誦，穆如清風。（大雅烝民）

這裏明用「作」字的八處，其餘也都含有「作」字意。（一）最顯，不必再說。（二）傳云，「訊，告也」。箋云，「歌謂作此詩也。既作，可使工歌之，是謂之告。」經典釋文引韓詩，「訊，諫也」。說文言部，「諫，數諫也」。段玉裁云，「謂數其失而諫之。凡譏『刺』字當用此。」（八）傳云，「不多，多也。明王使公卿獻詩以陳其志，遂爲工師之歌焉。」（九）箋云，「王者，君子比德焉。王乎，我欲令女（汝）如玉然。故作是詩，用大諫正女（汝）（一〇）。」

這些詩的作意不外乎諷與頌，詩文裏說得明白。像「以爲刺」「以訊之」「以究王訩」「以極反側」「用大諫」，顯言諷諫，一望而知。四牡篇的「『將母』來諗」，箋云「諗，告也（一一）。……作此詩之歌，以養父母之志來告於君也。」與巷伯的「凡百君子，敬而聽之」，四月的「維以告哀」，都是自述苦情，欲因歌唱以告於在上位的人，也該算在諷一類裏。桑柔的「雖曰『匪予』，卽作爾歌」，箋云，「女（汝）雖觝距，已言『此政非我所爲』，我已作女（汝）所行之歌，女（汝）當受之而無悔。」那麼，也是諷了。爲頌美而作的，只有卷阿篇的陳詩以「遂歌」和尹吉甫的兩「誦」。卷阿傳說「王使公卿獻詩以陳其志」，「陳志」就是「言志」。因爲是「獻詩」或贈詩（如崧高、烝民），所以「言志」不出乎諷與頌，而諷比頌多。

國語周語上記厲王「得衛巫，使監謗者。以告，則殺之。」邵公諫道：

為川者決之使導，為民者宣之使言。故天子聽政，使公卿至於列士獻詩，瞽獻曲，史獻書，師箴，瞍賦，矇誦，百工諫，庶人傳語，近臣盡規，親戚補察，瞽史教誨，耆艾修之，而後王斟酌焉，是以事行而不悖。

晉語六趙文子冠，見范文子，范文子說：

夫賢者寵至而益戒，不足者為寵驕。故興王賞諫臣，逸王罰之。吾聞古之言，王者政德既成，又聽於民。於是乎使工誦諫於朝，在列者獻詩，使勿兜（惑也）；風（采也）聽臚（傳也）言於市，辨祅祥於謠，考百事於朝，問謗譽於路。有邪而正之，盡戒之術也；先王疾是驕也。

左傳襄公十四年記師曠對晉平公的話，大略相同；但只作「瞽為詩」，沒有明說「獻詩」。

從這幾段記載看，可見「公卿列士的諷諫是特地做了獻上去的，庶人的批評是給官吏打聽到了告誦上去的㊀㊁」。獻詩只是公卿列士的事，輪不到庶人。而說到獻詩，連帶着說到瞽、矇、瞍、工，都是樂工，又可見詩是合樂的。

古代有所謂「樂語」。周禮大司樂：

以樂語教國子：興、道、諷、誦、言、語。

這六種「樂語」的分別，現在還不能詳知，似乎都以歌辭為主。「興」「道」（導）似乎是合奏，「諷」「誦」似乎是獨奏；「言」「語」是將歌辭應用在日常生活裏。這些都用歌辭來表示情意，所以稱爲「樂語」。周禮如近代學者所論，大概是戰國時作，但其中記述的制度多少該有所本，決不至於全是想像之談。「樂語」的存在，從別處也可推見。國語周語下云：

> 晉羊舌肸聘于周。……（單）靖公享之。……語說「昊天有成命」（周頌）。單之老送叔向（肸的字），叔向告之曰：「……其語說『昊天有成命』，『頌』之盛德也。其詩曰……是道成王之德（道文武成其王德）也。……單子儉、敬、讓、咨，以應成德，單若不興，子孫必蕃，後世不忘。……」

韋昭解道，「『語』，宴語所及也。『說』，樂也」。似乎「昊天有成命」是這回享禮中奏的樂歌，而單靖公言語之間很賞識這首歌辭。叔向的話先詳說這篇歌辭——詩，然後論單靖公的爲人，并預言他的家世興盛。這正是「樂語」，正可見「樂語」的重要作用。論語陽貨篇簡單的記着孔子一段故事：

> 孺悲欲見孔子，孔子辭以疾。將命者出戶，取瑟而歌，使之聞之。

歷來都說孔子「取瑟而歌」只是表明並非眞病，只是表明不願見。但小病未必就不能

7

歌，古書中時有例證；也許那歌辭中還暗示着不願見的意思。若這個解釋不錯，這便也是「樂語」了。

荀子樂論裏說「君子以鍾鼓道志」。「道志」就是「言志」，也就是表示情意，自見懷抱。禮記仲尼燕居篇記孔子的話，「是故君子不必親相與言也，以禮樂相示而已」。這雖未必眞是孔子說的，卻也可見「樂語」的傳統是存在的。漢書二十二禮樂志論樂，也道「和親之說難形，則發之於詩歌詠言、鐘石筦弦」，「樂語」的作用正在暗示上。又，禮記樂記載子夏答魏文侯問樂云：

> 今夫古樂，……君子於是語，於是道古，修身及家，平均天下。此古樂之發也。今夫新樂，……樂終不可以語，不可以道古。此新樂之發也。

這裏「語」雖在「樂終」，卻還不失爲一種「樂語」㊀㊃。這裏所「語」的是樂意，可以見出樂以言志，歌以言志，詩以言志是傳統的一貫。以樂歌相語，該是初民的生活方式之一。那時結恩情，做戀愛用樂歌，這種情形現在還常常看見；那時有所諷頌，有所祈求，總之有所表示，也多用樂歌。人們生活在樂歌中。樂歌就是「樂語」；日常的語言是太平凡了，不夠鄭重，不夠強調的。明白了這種「樂語」，纔能明白獻詩和賦詩。

這時代人們還都能歌，樂歌還是生活裏重要節目。獻詩和賦詩正從生活的必要和自然的需求而來；說只是周代重文的表現，不免是隔靴搔癢的解釋。

獻詩的記載不算太多。前引詩經裏諸例以外，顧頡剛先生還舉過兩個例(一五)：左傳昭公十二年，子革對楚靈王云：

昔穆王欲肆其心，周行天下，將皆必有車轍馬跡焉。祭公謀父作祈招之詩以止王心。王是以獲沒於祗宮。……其詩曰：「祈招之愔愔，式昭德音。思我王度，式如玉，式如金。形民之力而無醉飽之心！」

又，國語楚語上記左史倚相的話：

昔衛武公年數九十有五矣，猶箴儆於國曰：「自卿以下，至於師長士，苟在朝者，無謂老耄而舍我！必恭恪於朝，朝夕以交戒我！聞一二之言，必誦志而納之以訓導我！」在輿有旅賁之規，位宁有官師之典，倚几有誦訓之諫，居寢有褻御之箴，臨事有瞽史之導，宴居有師工之誦，史不失書，矇不失誦，以訓御之。於是作懿戒以自儆也。

祈招是逸詩。懿戒韋昭說就是大雅的抑篇，「懿讀之曰抑」。「自儆」可以算是自諷。這兩個故事雖然都出於轉述，但參看上文所舉詩經中說到詩的作意諸語，似乎是可信的。這兩段是春秋以前的故事。春秋時代還有晏子諫齊景公的例。晏子春秋內篇諫下第五云：

晏子使于魯。比其返也，景公使國人起大臺之役。歲寒不已，凍餒者鄉有焉。國人望晏子。晏子至，已復事，公延坐，飲酒，樂。晏子曰：「君若賜臣，臣請歌之。」歌曰：「庶民之言曰，『凍水洗我若之何！太上靡散我若之何！』」歌終，喟然歎而流涕。公就止之曰：「夫子曷爲至此？殆爲大臺之役夫？寡人將速罷之。」

晏子春秋雖然駁雜，這段故事的下文也許不免渲染一些，但照上面所論「樂語」的情形，這裏「歌諫」的部分似乎也可信。總之，獻詩陳志不至於是託古的空想。

春秋時代獻詩的事，在上面說到的之外似乎還有，從下列四例可見：

一、衛莊公娶于齊東宮得臣之妹，曰莊姜，美而無子；衛人所爲賦碩人也。（左傳隱公三年）

二、狄人……滅衛。……衛之遺民……立戴公以廬于曹。許穆夫人賦載馳。（左傳閔公二年）

三、鄭人惡高克，使帥師次于河上，久而弗召。師潰而歸，高克奔陳。鄭人爲之賦淸人。（同上）

四、秦伯任好卒，以子車氏之三子奄息、仲行、鍼虎爲殉，皆秦之良也。國人哀之，爲之賦黃鳥。（左傳文公六年）

(一)詩序云，「莊公惑於嬖妾，使驕上僭。莊姜賢而不答，終以無子，國人閔而憂之。」(二)序云，「許穆夫人閔衛之亡，傷許之小，力不能救，思歸唁其兄，又義不得，故賦是詩也。㊀㊅」(三)序云，「(鄭)公子素惡高克進之不以禮，文公退之不以道，危國亡師之本，故作是詩也。」(四)序云，「國人刺穆公以人從死而作是詩也。」詩序雖多穿鑿，但這幾篇與左傳所記相合，似乎不是向壁虛造㊀㊆。詩經中「人」字往往指在位的大夫君子㊀㊇，這裏的「衛人」「鄭人」「國人」都不是庶人；詩序以「鄭人」爲公子素，更可助成此說。「賦」是自歌或「使工歌之」；碩人篇要歌給莊公聽，載馳篇要歌給戴公聽，淸人篇要歌給文公聽，黃鳥篇也許要歌給康公聽。這些也都屬於諷一類㊀㊈。

「詩」這個字不見於甲骨文金文，易經中也沒有。今文尙書中只見了兩次，就是堯典的「詩言志」，還有金縢云，「于後(周)公乃爲詩以詒(成)王，名之曰鴟鴞。」堯典晚出，這個字大概是周代纔有的。——獻詩陳志的事，照上文所引的例子，大概也是周代纔有的。「志」字原來就是「詩」字，到這時兩個字大概有分開的必要了，所以加上「言」字偏旁，另成一字；這「言」字偏旁正是說文所謂「志發於言」的意思。詩經裏也只有三個「詩」字，就在上文引的巷伯、卷阿、崧高三篇的詩句中。詩序以巷伯篇爲幽王時作，卷阿篇成王時作，崧高篇宣王時作。按卷阿篇說，「詩」字的出現是在周初，似乎和金縢篇可以印證。但詩序不盡可信，金縢篇近來也有些學者疑爲東周所作㊂㊉；這個字的造成也許並沒有那麼早，所以只說大概周代纔有。至於詩經中十二次說到作詩，六次用「歌」字，三次用「誦」字，只三次用「詩」字，那或是因爲「詩以聲爲用」的原故；詩經所錄原來全是樂歌㊂㊀，樂歌重在歌、誦，所以多稱「歌」「誦」。不過歌、誦有時也不合樂，那便是徒歌，與謳、謠同類。徒歌大都出於庶民，記載下來的不多。前引國語中所謂「庶人傳語」，所謂「臚言」，該包含着這類東西。這裏面有「謗」也有「譽」，有諷也有頌——鄭輿人誦子產，最爲著名。也有非諷非頌的「緣情」之作，見於記載的如左傳成公十七年的聲伯夢歌。但這類「緣情」之作所以保存下來，並非因爲它們本身的價值，而是別有所爲。如左傳錄聲伯夢歌，便爲的記夢的預兆。詩經裏一半是「緣情」之作，樂工保存它們卻只爲了它們的聲調，爲了它們可以供歌唱。那時代是還沒有「詩緣情」的自覺的。

㈠史記五帝本紀改爲「詩言意」。禮記檀弓「子蓋言子之志於公乎」句鄭玄注，「志，意也」。

㈡孔穎達毛詩正義，詩譜序「然則詩之道放於此乎」句下引。

㈢顧頡剛論詩經所錄全爲樂歌，見古史辨卷三下六四八至六五〇面。

㈣尙書研究講義第一册六十九葉，又第二册十一葉。參看竺可楨論以歲差定尙書堯典四仲中星之年代（科學十一卷十二期），顧頡剛從地理上證今本堯典爲漢人作（禹貢半月刊二卷五期），及張淸常周末的樂器分類法的結論（人文科學學報一卷一期）。

㈤我相信左傳是「晚周人做的歷史」，但不相信是劉歆等改編的。

㈥今本無此四字，楊遇夫先生據韻會引說文補入，見他的釋詩一文中。

㈦楊遇夫積微居小學金石論叢卷一，二一至二二葉。

㈧歌與詩，中央日報昆明版平明副刊，二十八年六月五日。

㈨分見孟子公孫丑篇「夫志，氣之帥也」趙岐注，禮記學記「一年視離經辨志」鄭玄注，孟子萬章上「不以辭害志」趙注。

㈩通行本作「衣輕裘」，據阮元校勘記删「輕」字。

(一一)上引敍作詩的句子都在篇末。大雅板篇首章之末，也有「是用大諫」句，或也是敍全詩造作因由的。

(一二)說文言部，「諗，深諫也」。

(一三)顧頡剛詩經在春秋戰國間的地位，古史辨卷三下三二六面。

(一四)以上論「樂語」是許駿齋（維遹）先生說，承他許在這裏引用，謹此誌謝。

(一五)古史辨卷三下三二七面。

(一六)詩末句云「百爾所思，不如我所之」，聞一多先生謂「之」即「志」字。那麼這篇詩明說「言志」了。

(一七)崔述讀風偶識卷二有疑碩人序的話，顧頡剛先生有疑清人序的話（古史辨卷三下三一八面），但皆無證。

(一八)朱東潤國風出於民間論質疑，見讀詩四論二〇至二七面。

(一九)文選二十有「獻詩」一類，可參看。

(二〇)古史辨一册二〇一面，又三册下三一六至三一七面。又徐中舒豳風說，中央研究院歷史語言研究所集刊第六本第四分四四八面。

(二一)顧頡剛論詩經所錄全為樂歌，古史辨三下。

（二）賦詩言志

左傳裏說到詩與志的關係的共三處，襄公二十七年最詳：

鄭伯享趙孟于垂隴，子展、伯有、子西、子產、子大叔、二子石從。趙孟曰，「七子從君，以寵武也，請皆賦，以卒君貺。武亦以觀七子之志。」子展賦草蟲。趙孟曰，「善哉！民之主也！抑武也不足以當之。」伯有賦鶉之賁賁。趙孟曰，「牀笫之言不踰閾，況在野乎！非使人之所得聞也。」

子西賦黍苗之四章。趙孟曰，「寡君在，武何能焉！」
子產賦隰桑。趙孟曰，「武請受其卒章。」
子大叔賦野有蔓草。趙孟曰，「吾子之惠也！」
印段（子石）賦蟋蟀。趙孟曰，「善哉！保家之主也！吾有望矣。」
公孫段（子石）賦桑扈。趙孟曰，「『匪交匪敖㊀』，福將焉往！若保是言也，欲辭福祿，得乎！」
卒享，文子告叔向曰：「伯有將爲戮矣。詩以言志。志誣其上而公怨之，以爲賓榮，其能久乎！幸而後亡！」
叔向曰，「然。已侈。所謂不及五稔者，夫子之謂矣。」
文子曰：「其餘皆數世之主也。子展其後亡者也，在上不忘降。印氏其次也，樂而不荒，樂以安民，不淫以使之，後亡，不亦可乎！」

這裏賦詩的鄭國諸臣，除伯有外，都志在稱美趙孟，聯絡晉鄭兩國的交誼。趙孟對於這些頌美，「有的是謙而不敢受，有的是回敬幾句好話㊁」。只伯有和鄭伯有怨，所賦的詩裏有云，「人之無良，我以爲君！」是在藉機會罵鄭伯。所以范文子說他「志誣其上而公怨之」。又，在賦詩的人，詩所以「言志」，在聽詩的人，詩所以「觀志」「知志」。「觀志」已見，「知志」見左傳昭公十六年：

鄭六卿餞宣子於郊。宣子曰，「二三君子請皆賦，起亦以知鄭志。」

「觀志」或「知志」的重要，上引例中已可見，但下一例更顯著。左傳襄公十六年云：

晉侯與諸大夫宴于溫，使諸大夫舞，曰：「歌詩必類」。齊高厚之詩不類。荀偃怒，且曰：「諸侯有異志矣！」使諸大夫盟高厚。高厚逃歸。於是叔孫豹、晉荀偃、宋向戌、衛甯殖、鄭公孫蠆、小邾之大夫盟曰：「同討不庭！」

孔穎達正義說，「歌古詩，各從其恩好之義類」。高厚所歌之詩獨不取恩好之義類，所以說「諸侯有異志」。

這都是從外交方面看，詩以言諸侯之志，一國之志，與獻詩陳己志不同。在這種外交酬酢裏言一國之志，自然頌多而諷少，與獻詩相反。外交的賦詩也有出乎酬酢的諷頌即表示態度之外的。雷海宗先生曾在古代中國的外交一文中指出：

賦詩有時也可發生重大的具體作用。例如文公十三年鄭伯背晉降楚後，又欲歸服於晉，適逢魯文公由晉回魯，鄭伯在半路與魯侯相會，請他代爲向晉說情，兩方的應答全以賦詩爲媒介。鄭大夫子家賦小雅鴻雁篇，義取侯伯哀恤鰥寡，有遠行之勞，暗示鄭國孤弱，需要魯國哀恤，代爲遠行，往晉國去關說。魯季文子答賦小雅四月篇，義取行役踰時，思歸祭祀；這當然是表示拒絕，不願爲鄭國的事再往晉一行。鄭子家又賦載馳篇之第四章，義取小國有急，想求大國救助。魯季文子又答賦小雅采薇篇之第四章，取其「豈敢定居，一月三捷」之句，魯國過意不去，只得答應爲鄭奔走，不敢安居㊂。

鄭人賦詩，求而兼頌；魯人賦詩，謝而後許。雖也還是「言志」，可是在辦交涉，不止於酬酢了。稱爲「具體的重大作用」，是不錯的。但賦詩究竟是酬酢的多。

不過就是酬酢的賦詩，一面言一國之志，一面也還流露着賦詩人之志，他自己的爲人。垂隴之會，范文子論伯有、子展、印氏等的先亡後亡，便是從這方面着眼，聽言知行而加推斷的。漢書三十藝文志說，「古者諸侯卿大夫交接鄰國，以微言相感，當揖讓之時，必稱詩以諭其志。蓋以別賢不肖而觀盛衰焉。」這也是「觀志」，荀子裏稱爲「觀人」。春秋以來很注重觀人，而「觀人以言」（非相篇）更多見於記載。「言」自然不限於賦詩，但「詩以言志」，「志以定言」㊃，以賦詩「觀人」也是順理成章的。如此論詩，「言志」便引申了表德一義，不止於獻詩陳志那樣簡單了。再說春秋時的賦詩雖然有時也有獻詩之義，如上文所論，但外交的賦詩卻都非自作，只是借詩言志。借詩言志並且也不限於外交，國語魯語下有一段記載：

> 公父文伯之母欲室文伯，饗其宗老，而爲賦綠衣之三章。老請守龜卜室之族。師亥聞之曰：「善哉！男女之饗，不及宗臣；宗室之謀，不過宗人。謀而不犯，微而昭矣。詩所以合意，歌所以詠詩也。今詩以合室，歌以詠之，度於法矣！」

綠衣之三章云，「我思古人，實獲我心」；韋昭解這回賦詩之志是「古之賢人正室家之道，我心所善也」。可見這種賦詩也用在私室的典禮上。韋昭解次「合」字爲「成」；以現成的詩合自己的意，而以成禮，是這種賦詩的確釋。勞孝輿春秋詩話卷一云：

> 風詩之變，多春秋間人所作。……然作者不名，述者不作，何歟？蓋當時祇有詩，無詩人。古人所作，今人可援爲己詩，彼人之詩，此人可賡爲自作，期於「言志」而止。人無定詩，詩無定指；以故可名不名，不作而作也。

論當時作詩和賦詩的情形，都很確切。

這種賦詩的情形關係很大。獻詩的詩都有定指，全篇意義明白。賦詩卻往往斷章取義，隨心所欲，卽景生情，沒有定準。譬如野有蔓草，原是男女私情之作，子大叔卻堂皇的賦了出來；他只取其中「邂逅相遇，適我願兮」兩句，表示歡迎趙孟的意思。上文「野有蔓草，零露漙兮。有美一人，淸揚婉兮。」以及下章，恐怕都是不相干的[五]。斷章取義只是借用詩句作自己的話。所取的只是句子的文義，就是字面的意思；而不管全詩用意，就是上下文的意思。——有時卻也取喻義，如左傳昭公元年，鄭伯享趙孟，魯穆叔賦鵲巢，便是以「鵲巢鳩居」「喻晉君有國，趙孟治之」（杜預注）。但所取喻義以易曉爲主；偶然深曲些，便須由賦詩人加以說明㊅。那時代只要詩熟，聽人家賦，總知道所要言的志；若取喻義，就不能如此共曉了。聽了賦詩而不知賦詩人的志的，大概是詩不熟，唱着聽不清楚。所以衞獻公教師曹歌巧言篇的末章給孫蒯聽，諷刺孫文子「無拳無勇，職爲亂階」。師曹存心搗亂，還怕唱着孫蒯不懂，便朗誦了一回——「以聲節之曰『誦』」，「誦」是有節奏的㊆——。孫蒯告訴孫文子，果然出了亂子㊇。還有，不明瞭事勢也不能知道賦詩人的志。齊慶封聘魯，與叔孫穆子吃飯，不敬。叔孫賦相鼠，諷刺他「人而無儀，不死何爲！」他竟不知道。後來因亂奔魯，叔孫穆子又請他吃飯，他吃品還是不佳，叔孫不客氣，索性教樂工朗誦茅鴟給他聽；這是逸詩，也是刺不敬的。但是慶封還是不知道㊈。他實在太糊塗了！賦詩大都是自己歌唱。有時也教樂工歌唱；左傳有以賦詩爲「肄業」（習歌）的話，有「工歌」「使大師歌」的話㊉，又剛纔舉的兩例中也由樂工誦詩。賦詩和獻詩都合樂；到春秋時止，詩樂還沒有分家。

㊀詩經小雅桑扈篇作「彼」字。

㊁顧頡剛先生語，古史辨三下三三〇至三三一面。

㊂清華大學社會科學三卷一期，二至三面。

㊃左傳昭公二十九年。

㊄左傳僖公二十三年「公賦六月」句正義云，「古者禮會，因古詩以見意，故言賦詩斷章也。其全稱詩篇者，多取首章之義。」

㊅如左傳昭公元年，魯穆叔賦采蘩篇給趙孟聽，那詩的首章云，「于以（何）采蘩？于沼于沚。于以（何）用之？公侯之事。」穆叔說明他的用意是：「小國像蘩草似的，大國若愛惜着用它。它總聽用的。」

㊆周禮大司樂「興道諷誦言語」鄭玄注。墨子公孟篇「誦詩三百，弦詩三百，歌詩三百，舞詩三百」，「誦」無弦樂相配，似乎只有節奏——也許是配鼓罷。

㊇左傳襄公十四年。

㊈左傳襄公二十七年二十八年。

㊉分見左傳文公四年，襄公四年，十四年。

（三）敎詩明志

論「詩言志」的不會忘記詩大序，大序云：

> 詩者，志之所之也。在心爲志，發言爲詩。情動於中而形於言；言之不足，故嗟嘆之；嗟嘆之不足，故永歌之；永歌之不足，不知手之舞之，足之蹈之也。情發於聲，聲成文謂之音。……故正得失，動天地，感鬼神，莫近於詩。先王以是經夫婦，成孝敬，厚人倫，美教化，移風俗。

前半段明明從堯典的話脫胎。大序託名子夏，而與毛傳一鼻孔出氣，當作於秦漢之間。文中說「在心爲志，發言爲詩」，卻又說「情動於中而形於言」，又說「吟詠情性，以風其上」。正義云，「情謂哀樂之情」，「志」與「情」原可以是同義詞；感於哀樂，「以風其上」，就是「言志」。「在心」兩句從「詩言志」「志以發言㊀」「志以定言」等語變出，還是「詩言志」之意；但特別看重「言」，將「詩」與「志」分開對立，口氣便不同了。此其一。既說「情動於中而形於言」，又說「情發於聲」，可見詩與樂分了家。此其二。「正得失」是獻詩陳志之義，「動天地，感鬼神」，似乎就是堯典的「神人以和」。但說先王以詩「美教化，移風俗」，卻與獻詩陳志不同；那是由下而上，這是由上而下。也與賦詩言志不同，賦詩是「爲賓榮」，見己德——賦詩人都是在上位的人。此其三。獻詩和賦詩都着重在聽歌的人，這裏卻多從作詩方面看。此其四。總而言之，這時代詩只重義而不重聲，纔有如上的情形。還有，陸賈新語慎微篇也說道：

故隱之則爲道，布之則爲文（衍文？）詩；在心爲志，出口爲辭。

「出口爲辭」更見出重義來。而以詩爲「道」之顯，卽以「布道」爲「言志」，雖然也是重義的傾向，卻能闡明「詩言志」一語的本旨。

詩與樂分家是有一段歷史的。孔子時雅樂就已敗壞，詩與樂便在那時分了家。所以他說，「惡鄭聲之亂雅樂也」（論語陽貨）。又說，「興於詩，立於禮，成於樂」（泰伯），詩與禮樂在他雖還聯繫着，但已呈露鼎足三分的形勢了。當時獻詩和賦詩都已不行。除宴享祭祀還用詩爲儀式歌，像儀禮所記外㈠，一般只將詩用在言語上；孔門更將它用在修身和致知——教化——上。言語引詩，春秋時就有，見於左傳的甚多。用在修身上，也始於春秋時。國語楚語上記莊王使士亹傅太子箴，士亹問於申叔時，叔時道：

……敎之詩而爲之導廣顯德，以耀明其志。

韋昭解云，「導，開也。顯德謂若成湯、文、武、周公之屬，諸詩所美者也。」「耀明其志」指受教人之志，就是讀詩人之志；「詩以言志」，讀詩自然可以「明志」。又上引范文子論賦詩，從詩語見伯有等爲人，就已包含詩可表德的意思，到了孔子，話卻說得更廣泛了。他說：

> 小子何莫學夫詩！詩可以興，可以觀，可以羣，可以怨。邇之事父，遠之事君。多識於鳥獸草木之名。（陽貨）

「多識於鳥獸草木之名」，是將詩用在致知上；「詩」字原有「記憶」「記錄」之義，所以可用在致知上。但這與「言志」無關，可以不論。興觀羣怨，事父事君，說得作用如此廣大，如此詳明，正見詩義之重。但孔子論詩，還是斷章取義的，與子貢論「如切如磋，如琢如磨」（學而），與子夏論「巧笑倩兮，美目盼兮，素以爲絢兮」（八佾）可見；不過所取是喻義罷了。又，孔子惟其重詩義，所以纔說：

> 詩三百，一言以蔽之，曰「思無邪」。（爲政）

後來禮記經解篇的「溫柔敦厚，詩教也」，詩緯含神霧的「詩者持也」㊂，漢書卷二十二禮樂志的「省其詩而志正」，卷三十藝文志的「詩以正言，義之用也」，似乎都是從孔子的話演變出來的。詩大序所說「經夫婦，成孝敬，厚人倫，美教化，移風俗」，也是從興觀羣怨，「事父事君」等語演變出來的。儒家重德化，儒教盛行以後，這種教化作用極爲世人所推尊；「溫柔敦厚」便成了詩文評的主要標準。

孟子時古樂亡而新聲作[四]，詩更重義了。他說：

> 故說詩者不以文害辭，不以辭害志。以意逆志，是爲得之。（萬章上）

又說：

> 頌（誦）其詩，讀其書，不知其人，可乎？是以論其世也。是尙（上）友也。（萬章下）

「以意逆志」是以己意己志推作詩之志；而所謂「志」都是獻詩陳志的「志」，是全篇的意義，不是斷章的意義。「不以文害辭」「不以辭害志」是反對斷章的話。孟子雖然還不免用斷章的方法去說詩，但所重卻在全篇的說解，卻在就詩說詩，看他論北山、小弁、凱風諸篇可見（告子下）。他用的便是「以意逆志」的方法。至於「知人論世」，並不是說詩的方法，而是修身的方法；「頌詩」「讀書」與「知人論世」原來三件事平列，都是成人的道理，也就是「尙友」的道理。後世誤將「知人論世」與「頌詩讀書」牽合，將「以意逆志」看作「以詩合意」，於是乎穿鑿傅會，以詩證史。詩序就是如此寫成的。但春秋賦詩只就當前環境而「以詩合意」。詩序卻將「以詩合意」的結果就當作「知人論世」，以爲作詩的「人」「世」果然如此，作詩的「志」果然如此；將理想當作事實，將主觀當作客觀，自然教人難信。

先秦及漢代多有論六經大義的。莊子天下篇云：

> 其在於詩、書、禮、樂者，鄒魯之士搢紳先生多能明之。詩以道志。書以道事。禮以道行。樂以道和。易以道陰陽。春秋以道名分。

這也許是論六經大義之最早者。「道志」就是「言志」——釋文說，道音導，雖本於周禮大司樂，卻未免迂曲。又荀子儒效篇云：

> 聖人者，道之管也，天下之道管是矣，百王之道一是矣。故詩、書、禮、樂之〔道〕歸是矣。詩言是，其志也㊄。書言是，其事也。禮言是，其行也。春秋言是，其微也。

這與天下篇差不多；但說詩只言聖人之志，便成了詩序的淵源了。又董仲舒春秋繁露玉杯篇云，「詩道志，故長於質。禮制節，故長於文。……」近人蘇輿義證曰，「詩言志，志不可偽，故曰質」，質就是自然。又漢書司馬遷傳引董仲舒云，「詩以達意」，「達意」與「言志」同。又法言寡見篇云，「說志者莫辨乎詩」，「說志」也與「言志」同。這些也都重在詩義上。

詩既重義，獻詩原以陳志，有全篇本義可說。賦詩斷章，在當時情境中固然有義可說，離開當時情境而就詩論詩，有些本是獻詩，也還有義，有些不是獻詩，雖然另有其義，卻不可說或不值得說，像野有蔓草一類男女私情之作便是的。這些既非諷與頌，也無教化作用，便不是「言志」的詩；在賦詩流行的時候，因合樂而存在。詩樂分家，賦詩不行之後，這些詩便失去存在的理由，但事實上還存在着。爲了給這些詩找一個存在的理由，於是乎有「陳詩觀風」說。禮記王制篇云：

> 歲二月（天子）東巡守，至於岱宗，……覲諸侯。……命大師陳詩以觀民風。

鄭玄注，「陳詩，謂采其詩而視之」。孔穎達正義云，「乃命其方諸侯大師，是掌樂之官，各陳其國風之詩，以觀其政令之善惡」。孔說似乎較合原義些。

自然，若要進一步考查那些詩的來歷，「采詩」說便用得着了。漢書藝文志云：

> 書曰，「詩言志，歌詠言」，故哀樂之心感而歌詠之聲發。誦其言謂之詩，詠其聲謂之歌。故古有采詩之官，王者所以觀風俗，知得失，自考正也。

采詩有官，這個官就是「行人」。漢書二十四上食貨志云：

> 多，民既入，……男女有不得其所者，因相與歌詠，各言其傷。……春秋之日，羣居者將散，行人振木鐸徇于路以采詩㊅，獻之大師；比其音律，以聞於天子。

這樣，采詩的制度便很完備了。只看「比其音律」一語，便知是專爲樂詩立說；像左傳裏「城者謳」「輿人誦」那些徒歌，是不在采錄、陳獻之列的。這是甚麼原故呢？原來漢代有采歌謠的制度，藝文志云：

> 自孝武立樂府而采歌謠，於是有代趙之謳，秦楚之風，皆感於哀樂，緣事而發，亦可以觀風俗，知薄厚云。

徐中舒先生指出采詩說便是受了這件事的暗示而創立的㊉；那麼，就無怪乎顧不到左傳裏那些謳、誦等等了。王制篇出於漢儒之手，是理想，非信史，「陳詩」說也靠不住。「陳詩」「采詩」雖爲樂詩立說，但指出「觀風」，便已是重義的表現。而要「觀風俗，知得失」，就甚麼也得保存着，男女私情之作等等當然也在內了。這類詩於是乎有了存在的理由。

詩大序說「國史明乎得失之迹，傷人倫之廢，哀刑政之苛，吟詠情性以風其上」。漢書所謂「哀樂之心感而歌詠之聲發」，「感於哀樂，緣事而發」，以及「各言其傷」，其實也是「吟詠情性」，不過「吟詠」的人不一定是「國史」，也不必全是「傷人倫之廢，哀刑政之苛」罷了。「吟詠情性」原已着重作詩人，西漢時韓詩裏有「饑者歌食，勞者歌事」的話，更顯明的着重作詩人，並顯明的指出詩的「緣情」作用。但韓詩伐木篇說云：

> 伐木廢，朋友之道缺。勞者歌其事，詩人伐木，自苦其事。

說到「朋友之道」，可見所重還在諷，還在「以風其上」。班氏的話，與「歌食」「歌事」義略同，但歸到「以觀風俗」，所重也還在「以風其上」。兩家論到詩的「緣情」作用，都只是說明而不是評價。伐木篇若不關涉到朋友之道的完缺，「歌事」便無價值可言。詩歌若不采而陳之，「哀樂之心」「歌詠之聲」又有何用？可見這類「緣情」的詩的眞正價值並不在「緣情」，而在表現民俗，「以風其上」。不過獻詩時代雖是作詩陳一己的志，卻非關一己的事。賦詩時代更只以借詩言一國之志爲主，偶然有人作詩——那時一律稱爲「賦」詩——，也都是諷頌政教，與獻詩同旨。總之詩樂不分家的時代只着重聽歌的人；只有詩，無詩人，也無「詩緣情」的意念。詩樂分家以後，教詩明志，詩以讀爲主，以義爲用；論詩的纔漸漸意識到作詩人的存在。他們雖還不承認「詩緣情」的本身價值，卻已發見了詩的這種作用，並且以爲「王者」可由這種「緣情」的詩「觀風俗，知得失，自考正」。那麼「緣情」作詩竟與「陳志」獻詩殊途同歸了。但詩大序既說了「在心爲志，發言爲詩」，又說「情動於中而形於言」，又說「吟詠情性」；

後二語雖可以算是「言志」的同義語，意味究竟不同。大序的作者似乎看出「言志」一語總關政教，不適用於原是「緣情」的詩，所以轉換一個說法來解釋。到了韓詩及漢書時代，看得這情形更明白，便只說「歌食」「歌事」，只說「哀樂之心」，「各言其傷」，索性不提「言志」了。可見「言志」跟「緣情」到底兩樣，是不能混爲一談的。

* * *

㈠左傳襄公二十七年。

㈡孔子曰，「關雎樂而不淫，哀而不傷」（論語八佾）。又曰，「師摯之始，關雎之亂，洋洋乎盈耳哉！」（泰伯）都是論樂的話，故知當時這種儀式歌倘有存者，樂工也還有。

㈢毛詩正義，詩譜序「然則詩之道放於此乎」句下引。

㈣古史辨卷三下三五二至三五八面。

㈤楊倞注云，「是儒之志」，以「詩言是其志也」爲一句，下倣此。竊疑楊句讀有誤，所以改成現在樣子。

㈥左傳襄公十四年引夏書曰，「遒人以木鐸徇於路」，但無「采詩」之文。

㈦徐中舒豳風說，見中央研究院歷史語言研究所集刊第六本第四分四三一面。

(四) 作詩言志

戰國以來，個人自作而稱爲詩的，最早是荀子賦篇中的佹詩，首云：

天下不治，請陳佹詩。

楊倞注，「請陳佹異激切之詩，言天下不治之意也。」詩以四言爲主，雖不合樂，還是獻詩諷諫的體裁。其次是秦始皇教博士做的仙眞人詩，已佚。他游行天下的時候，「傳令樂人謌絃之」㊀，大約是獻詩頌美一類。西漢如韋孟作的「諷諫詩」，韋玄成作的「自劾詩」等㊁，也都是四言，或以諷人，或以自諷，不合樂，可還是獻詩的支流餘裔。不過當時這種詩並不多。詩不合樂，人們便只能讀，只能揣摩文辭，作詩人的名字倒有了出現的機會，作詩人的地位因此也漸漸顯著。但眞正開始歌詠自己的還得推「騷人」，便是辭賦家。辭賦家原稱所作爲「詩」，而且是「言志」的「詩」。楚辭悲回風篇道，

介眇志之所惑兮，竊賦詩之所明。

又莊忌哀時命篇道，

志憾恨而不逞兮，抒中情而屬詩。

說得都很明白。既然是「詩」，自然就有「言志」作用。

韓詩外傳卷七記着：

孔子游於景山之上，子路、子貢、顏淵從。

孔子曰：「君子登高必賦。小子願者何？言其願，丘將啓汝。」

子路曰：「願奮長戟，盪三軍，乳虎在後，仇敵在前，蠡躍蛟奮，進救兩國之患。」孔子曰，「勇士哉！」

子貢曰：「兩國構難，壯士列陣，塵埃漲天。賜不持一尺之兵，一斗之糧，解兩國之難；用賜者存，不用賜者亡。」孔子曰，「辯士哉！」

顏回不願。孔子曰，「回何不願？」顏淵曰，「二子已願，故不敢願。」孔子曰：「不同，意各有事焉。回其願，丘將啓汝。」顏淵曰：「願得小國而相之，主以道制，臣以德化；君臣同心，外內相應。列國諸侯莫不從義嚮風。壯者趨而進，老者扶而至。教行乎百姓，德施乎四蠻；莫不釋兵，輻輳乎四門。天下咸獲永寧。蝖飛蠕動，各樂其性；進賢使能，各任其事。於是君綏於上，臣和於下；垂拱無為，動作中道，從容得禮。言仁義者賞，言戰鬭者死。則由何進而救，賜何難之解！」孔子曰：「聖士哉！大人出，小人匿，聖者啓，賢者伏。回與執政，則由、賜焉施其能哉！」

這個故事又見於同書卷九，說苑指武篇，及偽家語致思篇，但「君子登高必賦」一語都作「二三子各言爾志」。三人所陳皆關政教，確合「言志」本旨。這故事未必真，卻可見「賦者古詩之流」（班固兩都賦序中語），也跟詩一樣可以「言志」㊂。所以漢書藝文志道：

> 春秋之後，周道寖壞。聘問歌詠不行於列國，學詩之士逸在布衣，而賢人失志之賦作矣。大儒孫卿及楚臣屈原，離讒憂國，皆作賦以風，咸有惻隱古詩之義。

「賢人失志」而作賦，用意仍在乎「風」，這是確有依據的。不過荀、屈兩家並不相同。荀子的成相辭和賦篇還只是諷，屈原的離騷九章，以及傳爲他所作的卜居漁父，雖也歌詠一己之志，卻以一己的窮通出處爲主，因而「抒中情」的地方占了重要的地位——宋玉的九辯更其如此。這是一個大轉變，「詩言志」的意義不得不再加引申了；詩大序所以必須換言「吟詠情性」，大概就是因爲看到了這種情形。

漢興以來有所謂「辭人之賦」，「競爲侈麗閎衍之詞，沒其諷諭之義」㈣；雖也託爲「言志」，其實是「勸百而諷一」㈤。這些似乎是荀子賦篇中雲蠶箴（鍼）等篇的擴展，加上屈、宋的辭。沈約宋書謝靈運傳論說「自漢至魏」「文體三變」，第一提到的便是「相如工爲形似之言」。「形似之言」扼要的說明了「辭人之賦」。「形似」不是「緣情」而是「體物」，現在叫做「描寫」，卻能幫助發揮「緣情」作用。東漢的賦纔眞走上「屈原賦」的路；沈約說「二班長於情理之說」，正指此。「情理」就是「情性」㈥，也就是「志」；這是將「詩言志」跟「吟詠情性」調和了的語言。那時有馮衍的顯志賦，他的「自論」云：

> 顧嘗好俶儻之策，時莫能聽用其謀。喟然長嘆，自傷不遭。久棲遲於小官，不得舒其所懷。抑心折節，意悽情悲。……乃作賦自厲，命其篇曰「顯志」。「顯志」者，言光明風化之情，昭章玄妙之思也㈦。

所謂「顯志」，還是自諷「自厲」，但賦的只是一己的窮通。文選所錄「志賦」，班固幽通的「致命遂志」，張衡思玄的「宣寄情志」㈧，其實都是如此；張衡的歸田賦也只言一己的出處，文同一例。此外可稱爲「志賦」的還多，明題「志」字的也不少，梁元帝一篇簡直題爲「言志」㈨，都是這一類。檀弓篇所記「言志」一語，本指窮通而說，如前所論。但「詩」言一己窮通，卻從「騷人」纔開始。從此「詩言志」一語便也兼指一己的窮通出處。士大夫的窮通出處都關政教，跟「饑者歌食，勞者歌事」原不相同，稱爲「言志」，也自有理。沈約還說「子建（曹植）、仲宣（王粲）以氣質爲體」，那卻是「緣情」的賦，不能稱爲「言志」了。

東漢時五言詩也漸興盛。班固「詠史」述緹縈事，結云，「百男何憒憒，不如一緹

「榮」㊉，還是感諷之作。到了漢末，有酈炎作詩二篇，其一云：

> 大道夷且長，窘路狹且促。脩翼無卑棲，遠趾不步局。舒吾凌霄羽，奮此千里足。超邁絕塵驅，倏忽誰能逐！賢愚豈嘗類，稟性在清濁。富貴有人籍，貧賤無天錄。通塞苟由己，志士不相卜。陳平敖里社，韓信釣河曲。終居天下宰，食此萬鍾祿。德音流千載，功名重山嶽㊀㊀。

這篇和另一篇，後世題爲「見志詩」。詩中道「通塞苟由己，志士不相卜」，「通塞」就是窮通。又後漢書仲長統傳也記他「作詩二篇，以見其志」，卻是四言。酈炎的「見志」是「吟詠情性」，自述懷抱，而歸於政教。仲長統的「見志」也是自述懷抱，但歌詠的是人生「大道」，人生義理；人生義理不離出世、入世兩觀——仲長統歌詠的是出世觀——，可以表見德性，並且也還是一種出處，也還反映着政教。後來清代紀昀論「詩言志」，說志是「人品學問之所見」，又說詩「以人品心術爲根柢」㊀㊁，正指的這種表見德性而言。當時只有秦嘉留郡贈婦詩五言三篇，自述伉儷情好㊀㊂，與政教無甚關涉處。這該是「緣情」的五言詩之始。五言詩出於樂府詩，這幾篇——連那兩篇四言——也都受了樂府詩的影響。樂府詩「言志」的少，「緣情」的多。辭賦跟樂府詩促進了「緣情」的詩的進展。詩經卻是經學的一部門；論詩的總愛溯源於三百篇，其實往往只是空泛的好古的理論。這時候五言詩大盛。所謂「一字千金」的古詩十九首，經多人考定，便作於建安（獻帝）前一個時期。魏文帝與吳質書云：「公幹（劉楨）有逸氣，但未遒耳。其五言詩之善者妙絕時人。」可見建安時五言詩的體製已經普遍，作者也多了；這時代纔眞有了詩人。但十九首還是出於樂府詩，建安詩人也說如此。到了正始（魏齊王芳）時代，阮籍纔擺脫了樂府詩的格調，用五言詩來歌詠自己。他「作詠懷詩八十餘篇，爲世所重」(一四)。顏延之云：

> 嗣宗身仕亂朝，常恐罹謗遇禍。因茲發詠，故每有憂生之嗟。雖志在刺譏，而文多隱避，百代之下，難以情測。

「志在刺譏」是「諷」的傳統，但「常恐罹謗遇禍」，「每有憂生之嗟」，就都是一己的窮通出處了——雖然也是與政教息息相關的。詩題「詠懷」，其實換成「言志」也未嘗不可。

「詩言志」一語雖經引申到士大夫的窮通出處，還不能包括所有的詩。詩大序變言「吟詠情性」，卻又附帶「國史……傷人倫之廢，哀刑政之苛」的條件，不便斷章取義用來指「緣情」之作。韓詩列舉「歌食」「歌事」，班固渾稱「哀樂之心」，又特稱

「各言其傷」，都以別於「言志」，但這些語句還是不能用來獨標新目。可是「緣情」的五言詩發達了，「言志」以外迫切的需要一個新標目。於是陸機文賦第一次鑄成「詩緣情而綺靡」這個新語。「緣情」這詞組將「吟詠情性」一語簡單化，普遍化，並檃栝了韓詩和班志的話，扼要的指明了當時五言詩的趨向。他還說「賦體物而瀏亮」，同樣扼要的指出了「辭人之賦」的特徵——也就是沈約所謂「形似之言」。從陸氏起，「體物」和「緣情」漸漸在詩裏通力合作；他有意的用「體物」來幫助「緣情」的「綺靡」。那時據說還有「賦詩觀志」的局面。干寶晉紀說「泰始（武帝）四年上幸芳林園，與羣臣賦詩觀志」；孫盛晉陽秋說「散騎常侍應貞詩最美」㊀㊄。應貞的詩見文選卷二十「公讌詩」，是四言，題爲晉武帝華林園集，是頌美的獻詩。但一般的五言詩卻走向「緣情」的路。文選二十三有潘岳悼亡詩三首，第二首中道：「上慙東門吳，下愧蒙莊子。賦詩欲言志，此志難具紀。命也可奈何！長戚自令鄙。」合看這六語，所謂「賦詩言志」，顯然指的人生義理。可是就三首詩全體而論，卻都是「緣情」之作。東晉有「玄言詩」，鈔襲老莊文句，專一歌詠人生義理；詩鑽入一種狹隘的「言志」的觭角裏，終於衰滅無存。於是再走上那「緣情」的路。這時代詩人也還有明言自述己志的，可是只指窮通出處，或竟是歌詠人生的「緣情」之作。陶淵明五柳先生傳說「常著文章自娛，頗示己志」。他志在田園，而又從田園中體驗人生；所謂「示志」，兼包這兩義而言。謝靈運在山居賦裏也說「援紙握管，……詩以言志」；他從山水的賞悟中歌詠自己的窮通出處——詩卻以「體物」著。還有江淹「雜體詩」中擬嵇康的一首（文選三十一），題爲「言志」，卻以歌詠人生義理爲主。

六朝人論詩，少直用「言志」這詞組的。他們一面要表明詩的「緣情」作用，一面又不敢無視「詩言志」的傳統；他們沒有膽量全然擺開「志」的概念，逕自採用陸機的「緣情」說，只得將「詩言志」這句話改頭換面，來影射「詩緣情」那句話。范曄所謂「見志」便是如此，已見上引。又，沈約宋書謝靈運傳論云：「民稟天地之靈，含五常之德，剛柔迭用，喜慍分情。夫志動於中，則歌詠外發。……」文中雖提到「六義」「四始」，可並不闡發「風化」「風刺」的理論。「志動於中」就是詩大序的「情動於中」；「剛柔」是性，「喜慍」明說是情，一般的性情便是他所謂「志」。這也就是詩大序說的「吟詠情性」，只是居然斷章取義的去了那些附帶的條件。文心雕龍明詩篇云：「人稟七情，應物斯感；感物吟志，莫非自然。」這個「志」明指「七情」；「感物吟志」既「莫非自然」，「緣情」作用也就包在其中。詩品序云：「氣之動物，物之感人，故搖蕩性情，形諸舞詠。」以下列舉物候人情，又云：「凡斯種種，感蕩心靈。非陳詩何以展其義，非長歌何以騁其情！故曰，詩『可以羣，可以怨』。使窮賤易安，幽居靡悶，莫尙於詩矣。」這裏只說「性情」「心靈」，不提「志」字；但「陳詩展義」和「長歌騁情」，「窮賤易安」和「幽居靡悶」，都是「言志」「緣情」之別，又引孔子的話，更明是尊重傳統的表現。不過孔子是論讀詩，鍾嶸引用「可以羣，可以怨」，卻移來論作詩——「可以興，可以觀」意義分明，不能移用，所以略去。建安以來既有了詩人，論詩的自然就注重作詩了。

梁代裴子野作雕蟲論，抨擊當時作詩的人。他說：

古者「四始」「六義」總而爲詩。旣形四方之氣，且彰君子之志；勸美懲惡，王化本焉。……宋初迄於元嘉（文帝），多爲經史。大明（孝武帝）之代，實好斯文。……自是閭閻年少，貴游總角，罔不擯落六藝，吟咏情性。學者以「博依」爲急務，謂章句爲專魯，淫文破典，斐爾爲功。無被於管絃，非止乎禮義。深心主卉木，遠志極風雲。其興浮，其志弱，巧而不要，隱而不深。（文苑英華七四二）

他在主張恢復經學，也在主張恢復「詩言志」的傳統；詩至少要吟詠窮通出處，不當在「卉木」「風雲」裏兜圈子。他抨擊的是「緣情」「體物」的詩。他引用「吟詠情性」一語，實指「緣情」而言；這揭穿了一般調和論者的把戲。但他雖能看出「言志」跟「吟詠情性」不同，在「遠志」和「其志弱」二語裏卻還將所謂「志」與「情」混爲一談。這可見詞語的一般用例影響之大。雕蟲論並沒有能夠挽回「緣情」的五言詩的趨勢，更沒有能夠恢復「志」字的傳統用例。反之，那「情」「志」含混或調和的語例，倒漸漸標準化起來。唐代孔穎達毛詩正義解釋詩大序裏「詩者，志之所之也。在心爲志，發言爲詩。」幾句道：

> 此又解作詩所由。詩者，人志意之所之適也。雖有所適，猶未發口，蘊藏在心，謂之爲「志」。發見於言，乃名爲「詩」。言作詩者，所以舒心志憤懣，而卒成於歌詠。故虞書謂之「詩言志」也。包管萬慮，其名曰「心」；感物而動，乃呼爲「志」。志之所適，萬物感焉。言悅豫之志則和樂與而頌聲作，憂愁之志則哀傷起而怨刺生。藝文志云，「哀樂之情感，歌詠之聲發」，此之謂也。

這裏「所以舒心志憤懣」，「感物而動，乃呼爲『志』」，「言悅豫之志」「憂愁之志」，都是「言志」「緣情」兩可的含混的話。孔氏詩學，上承六朝，六朝詩論免不了影響經學，也不免間接給他影響。這正是時代使然。「志」「情」含混的語例既得經學的接受，用來解釋詩大序裏那幾句話，這個語例便標準化了，更有權威了。

不過直用「言志」這詞組，就不能如此含混過去。這詞組雖然漸漸少用在諷與頌的本義上，但總還貼在窮通出處上說，不離政教。唐代李白有春日醉起言志詩云：

處世若大夢，胡爲勞其生？所以終日醉，頹然臥前楹。覺來盼庭前，一鳥花間鳴。借問此何時？春風語流鶯。感之欲歎息，對酒還自傾。浩歌待明月，曲盡已忘情。（李太白集二十四）

這裏歌詠人生義理，是一種隱逸的出世觀，也是一種出處的懷抱，所以題爲「言志」。又白居易的初除戶曹喜而言志詩云：

詔受戶曹掾，捧詔感君恩。感恩非爲己，祿養及吾親。弟兄俱簪笏，新婦儼衣巾，羅列高堂下，拜慶正紛紛。俸錢四五萬，月可奉晨昏；廩祿二百石，歲可盈倉囷。喧喧車馬來，賀客滿我門。不以我爲貪，知我家內貧，置酒延賓客，客容亦歡欣；笑云「今日後，不復憂空尊」。答云「如君言，願君少逡巡。我有平生志，醉後爲君陳：人生百歲期，七十有幾人？浮榮及虛位，皆是身之賓。唯是衣與食，此事粗關身。苟免飢寒外，餘物盡浮雲。」（白氏長慶集五）

這也是窮通出處的懷抱，所謂「平生志」，是一種入世觀。白氏在與元九（稹）書中將自己的詩分爲「諷諭詩」「閑適詩」等四類，這一篇便在「閑適詩」裏。他說：

僕志在兼濟，行在獨善。奉而始終之則爲道，言而發明之則爲詩。謂之「諷諭詩」，「兼濟」之志也。謂之「閑適詩」，「獨善」之義也。故覽僕詩者，知僕之道焉。

「兼濟」的「諷諭詩」不用說整個兒是「言志」的，「獨善」的「閑適詩」明明也有一部分是「言志」的。這是「言志」的諷頌本義跟窮通出處引申義分別應用的顯例；以「兼濟」與「獨善」二語闡明這兩個意義，最是簡當明確。他說「奉而始終之則爲道，言而發明之則爲詩」，略同前引陸賈新語，卻是六朝「因文明道」說的影響㈡㈥。照這樣說，「詩言志」簡直就是「詩以明道」了——這個「道」卻只指政教。這也能闡明「詩言志」一語的本旨。還有南宋王應麟困學紀聞十八云：

詩言志。「秀幹終成棟，精鋼不作鉤」（端州郡齋壁詩），包孝肅之志也。「人心正畏暑，水面獨搖風」（荷花詩），豐清敏之志也㈡㈦。

三個譬喻象徵着包拯和豐稷的爲人；這是表見德性的詩，也是「言志」的詩，而德性是「道」的一目。

「詩言志」的傳統經兩次引申、擴展以後，始終屹立着。「詩緣情」那新傳統雖也在發展，卻老只掩在舊傳統的影子裏，不能出頭露面。直到清代，紀昀論詩，還以「發乎情而不必止乎禮義」一派歸罪於陸機這一句話，說「其究乃至於繪畫橫陳」[18]，可以為證。這中間就是文壇革命家也往往不敢背棄這個傳統，因為它太古老了。如明代公安派雖說詩「以發抒性靈為主」[19]，竟陵派就不同一些。鍾惺「喜鄒愚谷至白門，以中秋夜諸名士共集俞園賦詩序」篇末云：

履簪雜遝，高人自領孤情；絲竹喧闐，靜者能通妙理。各稱詩以言志，用體物而書時[20]。

「稱詩言志」，並以「體物書時」。「體物」「書時」雖是「緣情」一面，「高情」「妙理」卻是人生義理；詩兼「言志」「緣情」兩用，而所謂「言志」還是皈依舊傳統的。又譚友夏王先生詩序云：

予又與之述故聞曰，詩以道性情也。……夫性情，近道之物也。近道者，古人所以寄其微婉之思也[21]。

這裏雖只說「道性情」，不提「言志」，但所謂「近道之物」「微婉之思」，其實還是「言志」論。清代袁枚也算得一個文壇革命家，論詩也以性靈為主；到了他纔將「詩言志」的意義又擴展了一步，差不離和陸機的「詩緣情」並為一談。他在與邵厚菴太守論杜茶村文書中說道：

詩言志。勞人思婦都可以言，三百篇不盡學者作也。（小倉山房文集十九）

勞人思婦都是在「言志」，這是前人不曾說過的。可是在隨園詩話一裏他又道：

三百篇半是勞人思婦率意言情之事。

那麼，他所謂「言志」「言情」只是一個意義了。這是將「詩言志」的意義第三次引申，包括了「歌食」「歌事」和「哀樂之心」「各言其傷」那些話。

袁氏以為「詩言志」可以有許多意義，在再答李少鶴書列舉他以為的：

來札所講「詩言志」三字，歷舉李、杜、放翁之志，是矣，然亦不可太拘。詩人有終身之志，有一日之志，有詩外之志，有事外之志，有偶然興到，流連光景，即事成詩之志；「志」字不可看殺也。謝傅遊山，韓熙載之縱伎，此豈其本志哉？（小倉山房尺牘十）

這裏「志」字含混着「情」字。列舉的各項，界劃不盡分明。「終身之志」似乎是出處窮通，「事外之志」似乎是出世的人生觀；這些是與舊傳統相合的。別的就不然。作例的「謝傅遊山」也合於「詩言志」的舊義，上文已論。「韓熙載之縱伎」也許是所謂「詩外之志」，就是古詩所謂「行樂須及時」；但「發乎情」而不「止乎禮義」，只是

「緣情」或「言情」，不是傳統的「言志」。不過袁氏所謂「言情」卻又與「緣情」不同。他在答蕺園論詩書裏說願效白傅（白居易）樊川（杜牧），不願删自己的「緣情詩」，並有「情所最先，莫如男女」的話（小倉山房文集三十）。那麼，他所謂「緣情詩」，只是男女私情之作；這顯然曲解了陸機原語。然而按他所舉那「縱佚」的例，似乎就是這種狹義的「緣情詩」也可算作「言志」。這樣的「言志」的詩倒跟我們現代譯語的「抒情詩」同義了。「詩緣情」那傳統直到這時代纔算眞正擡起了頭。到了現在，更有人以「言志」和「載道」兩派論中國文學史的發展，說這兩種潮流是互爲起伏的。所謂「言志」是「人人都得自由講自己願意講的話」；所謂「載道」是「以文學爲工具，再藉這工具將另外的更重要的東西——道——表現出來」㊂。這又將「言志」的意義擴展了一步，不限於詩而包羅了整個兒中國文學。這種局而不能不說是袁枚的影響，加上外來的「抒情」意念——「抒情」這詞組是我們固有的，但現在的涵義卻是外來的——而造成。現時「言志」的這個新義似乎已到了約定俗成的地位。詞語意義的引申和變遷本有自然之勢，不足驚異；但我們得知道，直到這個新義的擴展，「『文以載道』，『詩以言志』，其原實一」㊃。

與「詩言志」這一語差不多同時或較早，還有「言以足志」一語。左傳襄公二十五年引孔子贊子產道：

> 志（古書）有之，「言以足志，文以足言」。不言，誰知其志？言之無文，行而不遠。晉爲伯，鄭入陳，非文辭不爲功，愼辭也。

杜注「足，猶成也」。照左傳的記載及孔子的解釋，「言」是「直言」㊀㊃，「文」是「文辭」。言以成意，還只是說明；文以行遠，便是評價了。這與「詩言志」原來完全是兩回事，後世卻有混而爲一的。唐中葉古文運動先驅諸人，往往如此。如獨孤及趙郡李公中集序云：

> 志非言不形，言非文不彰。是三者相爲用，亦猶涉川者假舟檝而後濟。自「典謨」缺，「雅頌」寢，王道陵夷，文敎下衰。故作者往往先文字，後比興。其風流蕩而不返，乃至有飾其詞而遺其意者，則潤色愈工，其實愈喪。……天下雷同，風馳雲趨，文不足言，言不足志。亦猶木蘭爲舟，翠羽爲檝，翫之於陸而無涉川之用。（毘陵集十三）

他以「足志」「足言」爲諷頌（比興），便是「詩言志」的影響，而不是那兩句話的本義了。又有將這兩句話與詩大序的話參合起來的，如尙衡文道元龜論「志士之文」云：

志士之作，介然以立誠，憤然有所述，言必有所諷，志必有所之，詞寡而意懇，氣高而調苦，斯乃感激之道焉。（全唐文三九四）

論文而「言」「志」並舉，自然從孔子的話來，而「有所諷」「有所之」卻全是詩大序的意思。又柳冕答荆南裴尚書論文書云：

君子之儒，學而爲道，言而爲經，行而爲教，聲而爲律，和而爲音。……故「在心爲志，發言爲詩」，謂之文；兼三才而名之曰儒。儒之用，文之謂也。言而不能文，君子恥之。（全唐文五二七）

這裏「志」「言」「文」並舉，卻簡直鈔襲了詩大序的句子；「文」是所謂文教合一的文，作用正在諷與頌。柳冕又有與徐給事論文書云：

文章本於教化，形於治亂，繫於國風。故在君子之心爲志，形君子之言爲文，論君子之道爲教。（全唐文五二七）

也是「志」「言」「文」並舉，也鈔詩大序，可是「志」之外又疊牀架屋加上一個「道」，這是六朝以來「文以明道」說的影響。道的概念比志的概念廣泛得多，用以論文，也許合適些。「文以言志」說雖經醞釀，卻未確立，大概就是這個原故了㊁㊄。

* * *

㈠史記秦始皇本紀。

㈡漢書七十三韋賢傳。

㈢參看彭仲鐸漢賦探原，國文月刊二十二期。

㈣漢書藝文志。

㈤漢書司馬相如傳贊引揚雄語。

㈥禮記樂記「天理滅矣」鄭玄注，「理猶性也」。

㈦後漢書五十八下本傳。

㈧漢書七十上敍傳，後漢書八十九張衡傳。

㈨文選十四至十六，又歷代賦彙外集一至六。

㈩史記倉公傳張守節正義引。

(十一)後漢書一一〇下本傳。

(十二)依次見郭茗山詩集序及詩教堂詩集序，紀文達公文集九。

(十三)玉臺新詠卷一。

(十四)晉書四十九本傳。

(十五)文選二十。

(十六)文心雕龍原道篇，「道沿聖以垂文，聖因文而明道」。

(一七)參看翁元圻注。

(一八)雲林詩鈔序，紀文達公文集九。

(一九)袁中道珂雪齋文集二阮集之詩序裏說，「中郎（宗道）……以發抒性靈爲主」。

(二十)見明鄭元勳媚幽閣文娛鉛印本九二面；檢鍾伯敬合集，此文未收入。

(二一)譚友夏合集九。

(二二)鄧恭三記錄中國新文學的源流三七面，三四面。

(二三)山谷全書清盛炳煒序中語。

(二四)說文言部，「直言曰言，論難曰語」。

(二五)參看兪克木爲載道辯，見二十四年十二月五日天津益世報讀書週刊。

比興

(一)毛詩鄭箋釋興

詩大序說：

詩有六義焉：一曰風，二曰賦，三曰比，四曰興，五曰雅，六曰頌。

周禮春官大師稱爲「六詩」，次序相同。孔穎達毛詩正義說：

然則風雅頌者，詩篇之異體，賦比興者，詩文之異辭耳。大小不同而得並爲六義者，賦比興是詩之所用，風雅頌是詩之成形，用彼三事，成此三事，是故同稱爲「義」，非別有篇卷也㊀。

賦比興又單稱詩三義，見於鍾嶸詩品序。風雅頌的意義，歷來似乎沒有甚麽異說，直到淸代中葉以後，纔漸有新的解釋㊁。賦比興的意義，特別是比興的意義，卻似乎纏夾得多，詩集傳以後，纏夾得更利害，說詩的人你說你的，我說我的，越說越糊塗。在詩論上，我們有三個重要的，也可說是基本的觀念：「詩言志」㊂，「比興」，「溫柔敦厚」的「詩教」㊃。後世論詩，都以這三者爲金科玉律。「詩教」雖託爲孔子的話，但似乎是詩大序的引伸義。它與比興相關最密。毛傳中興詩，都經注明，國風裏計有七十二首之多；而照詩大序說，「風」是「風化」「風刺」的意思，正義云，「皆謂譬喻不斥言也」。那麼，比興有「風化」「風刺」的作用，所謂「譬喻」，不止於是修辭，而且是「譎諫」了。溫柔敦厚的詩教便指的這種作用。比興的纏夾在此，重要也在此。

毛詩注明「興也」的共一百十六篇，占全詩（三〇五篇）百分之三十八。國風一百六十篇中有興詩七十二；小雅七十四篇中就有三十八，比較最多；大雅三十一篇中只有四篇；頌四十篇中只有兩篇，比較最少㊄。毛傳的「興也」，通例注在首章次句下。關雎篇首章云，「關關雎鳩，在河之洲。窈窕淑女，君子好逑。」「興也」便在「在河之洲」下。但也有在首句或三句四句下的。一百十六篇中，發興於首章次句下的共一百零二篇，於首章首句下的共三篇㊅，於首章三句下的共八篇㊆，於首章四句下的共二篇㊇。在那一句發興，大概憑文義而定，就是常在興句之下。但有時也在非興句之下，那似乎是憑叶韻。如漢廣篇首章云：

南有喬木，不可休思。漢有游女，不可求思。……

按文義論，「興也」該在次句下，現在卻在四句下。又終風篇首章云：

終風且暴。顧我則笑。……

緜篇首章云：

緜緜瓜瓞。民之初生，自土沮漆。……

「興也」都不在首句下，卻依次在次句和三句下。這些似乎是依照叶韻，將「興也」排在第二個韻句下。古代著述，體例本不太嚴密的㊈。

還有不在首章發興的，但只有兩篇如此。秦風車鄰篇首章有傳，而「興也」在次章次句下；小雅南有嘉魚篇首章次章都有傳，而「興也」在三章次句下。最特殊的是魯頌有駜篇，首章云：

有駜有駜，駜彼乘黃。夙夜在公，在公明明。振振鷺，鷺于下。鼓咽咽，醉言舞。于胥樂兮！

「駜彼乘黃」下有傳，而「鷺于下」下云：

振振，羣飛貌。鷺，白鳥也。「以興」絜白之士。咽咽，鼓節也。

這裏沒有說「興也」，只說「以興」。而小雅鹿鳴篇首章次句下傳云：

興也。苹，蓱也。鹿得蓱，呦呦然鳴而相呼，懇誠發乎中。「以興」嘉樂賓客，當有懇誠相

> 招呼以成禮也。

這裏「興也」之外，也說「以興」。那麼，有駜篇也可算是興詩了。不注「興也」，是因爲前有「駜彼乘黃」一喻⊕，與別的「興」之前無他喻者不一例。但是爲甚麼偏要在六句「鷺于下」下發興，創一特例呢？原來周頌有振鷺篇，首四句云：

> 振鷺于飛，于彼西雝。我客戾止，亦有斯容。

傳於次句下云：

> 興也。振振，羣飛貌。鷺，白鳥也。雝，澤也。

詩意以「振鷺」比「客」，毛氏特地指出鷺是「白鳥」，正是所謂「以興絜白之士」的意思。「振振鷺，鷺于飛」也就是「振鷺于飛」，後者既然是興，前者自然也該是興了。車鄰篇次章和南有嘉魚篇三章之所以是興，理由正同。車鄰傳以「阪有漆，隰有栗」爲興。按唐風山有樞篇首章云，「山有樞，隰有楡」，傳，「興也」。次章云「山有栲，隰有杻」。三章云「山有漆，隰有栗」，與「阪有漆」二句只差一字。傳既於「阪有漆」二語下發興，當也以「山有漆」二語爲興；那麼，山有樞篇首章的「興也」是貫到全篇各章的了。南有嘉魚傳以「南有樛木，甘瓠纍之」爲興。按周南樛木篇首章云，「南有樛木，葛藟纍之」，傳，「興也」。南有嘉魚篇只將「葛藟」換了「甘瓠」，別的都一樣，所以傳也稱爲興。總之，車鄰、南有嘉魚、有駜三篇，都因爲有類似「編次在前的興詩」裏的句子，傳纔援例稱爲興，與別的興詩不一樣。

類似的例子還有小雅的鴛鴦與白華二篇。鴛鴦篇是興詩，次章云，「鴛鴦在梁，戢其左翼」；白華篇七章也以此二句始。但白華篇原是興詩，首章既已注了「興也」，七章就可以不用注了。再有召南草蟲篇首章云：

喓喓草蟲，趯趯阜螽。未見君子，憂心忡忡。亦既見止，亦既覯止，我心則降。

傳於次句發興。而小雅出車篇五章云：

喓喓草蟲，趯趯阜螽。未見君子，憂心忡忡。既見君子，我心則降。赫赫南仲，薄伐西戎。

這裏前六句與草蟲篇首章幾乎全同。出車篇不是興詩，這一章卻不指出是興，而且全然無傳，也許是偶然的疏忽罷。至於鄭風揚之水篇首章次章的首二句和王風揚之水篇次章首章全同，而在王風題爲興詩，在鄭風卻不然，是不合理的，疑心「興也」兩字傳寫脫去㊀㊀。

毛傳「興也」的「興」有兩個意義，一是發端㊀㊁，一是譬喻；這兩個意義合在一塊兒纔是「興」。詩文裏「興」字共見了十六次，但只有一次有傳，在大雅大明篇「維予侯興」下，云：

興，起也。

說文三篇上舁部同。「興也」的「興」正是「起」的意思。這個「興」字大概出於孔子「興於詩」（論語泰伯）「詩可以興」（陽貨）那兩句話㊀㊁。何晏論語集解引包咸說前一句云，「興，起也。言修身當先學詩」。又引孔安國說後一句云，「興，引譬連類」。興是譬喻，而這種譬喻還能啓發人向善，有益於修身，所以說「興於詩」。「起」又即發端。興是發端，只須看一百十六篇興詩中有一百十三篇都發興於首章，（有駜篇是特例，未計入）就會明白。朱子詩傳綱領說「興者，託物興辭」，「興辭」其實也該是發端的意思。

興是譬喻，「又是」發端，便與「只是」譬喻不同。前人沒有注意興的兩重義，因此纏夾不已。他們多不敢直說興是譬喻，想着那麼一來便與比無別了。其實毛傳明明說興是譬喻：

關雎傳 興也。……后妃說樂君子之德，……愼固幽深，「若」雎鳩之有別焉。

旄丘傳　興也。……諸侯以國相連屬，憂患相及，「如」葛之蔓延相連及也。
竹竿傳　興也。……釣以得魚，「如」婦人待禮以成爲室家。
南山傳　興也。……國君尊嚴，「如」南山崔崔然。
山有樞傳　興也。……國君有財貨而不能用，「如」山隰不能自用其財。
綢繆傳　興也。……男女待禮而成，「若」薪芻待人事而後束也。
葛生傳　興也。葛生延而蒙楚，蘞生蔓於野，「喻」婦人外成於他家。
晨風傳　興也。……先君招賢人，賢人往之，駛疾「如」晨風之飛入北林。
菁菁者莪傳　興也。……君子能長育人材，「如」阿之長莪菁菁然。
卷阿傳　興也。……惡人被德化而消，「猶」飄風之入曲阿也。

陳奐詩毛氏傳疏葛藟篇也引了這些例，說道：

> 曰「若」曰「如」曰「喻」曰「猶」，皆比也。傳則皆曰興。比者，比方於物。興者，託事於物㊀㊃。作詩者之意，先以託事於物，繼乃比方於物，蓋言興而比已寓焉矣。

這眞是「從而爲之辭」，傳意本明白，一「疏」反而糊塗了。但傳意也只是傳意而已，至於「作詩者之意」，是很難說的。有許多詩篇的作意，我們現在老實還不懂。按我們懂的說，和毛詩學、三家詩學也有大異其趣的地方。毛傳所謂興，恐怕有許多是未必切合「作詩人之意」的。但這一層本文不能詳論，只想鳥瞰一下。

毛傳興詩中明言爲譬喻的，只有周頌振鷺一篇，已見前引，明言以「振鷺于飛」比客的樣子；但喻義是否說客是「絜白之士」，就不能確知了。其次，以平行句發興的，也可確定爲譬喻，雖然喻義也難盡知。如南有樛木篇云：

> 南有樛木，葛藟纍之。樂只君子，福履綏之。

又如蘀兮篇云：

> 蘀兮蘀兮，風其吹女。叔兮伯兮，倡予和女。

又如甫田篇云：

> 無田甫田，維莠驕驕。無思遠人，勞心忉忉。

又如黍苗篇云：

> 芃芃黍苗，陰雨膏之。悠悠南行，召伯勞之。

左傳隱公十一年引周諺云，「山有木，工則度之。賓有禮，主則擇之。」荀子大略篇引語曰，「流丸止於甌臾。流言止於智者。」都是平行的譬喻[15]。與所引詩經各句比着看，詩經各句也是平行的譬喻，是無疑的。但詩經中這種平行句並不多。其次，是興句之下接着正句，並不平行，有時可知爲譬喻，有時不可確知，而毛傳都解爲譬喻。前者喻義已多難明，後者更不用說了。前者例如節南山篇云：

節彼南山，維石巖巖。赫赫師尹，民具爾瞻。

又如引過的緜篇，都顯然是譬喻。後者如關雎、桃夭、麟趾等篇都是的。但這兩者也不多。以上所謂譬喻，指顯喻(Simile)而言。

其次，興句孤懸，不接下句，是否譬喻，還不可知，毛詩也都解爲譬喻。這裏說「毛詩」，因爲這些詩大多數必得將傳與序合看，纔能明白毛氏的意思；傳老是接着序說，所以有時非常簡略，有時非常突兀，單看是不容易懂的。如邶風柏舟傳云：

汎彼柏舟，亦汎其流。（興也。汎汎，流貌。柏木，所以宜爲舟也。亦汎汎其流，不以濟度也。）耿耿不寐，如有隱憂。（耿耿猶儆儆也。隱，痛也。）

傳沒有說出喻義，似乎讓讀者自行參詳，其實不是的。序云：

柏舟，言仁而不遇也。衞頃公之時，仁人不遇，小人在側。

柏舟汎流正是比「仁人不遇」的，合看序與傳，就明白了。這個喻義切合不切合另是一事，可是毛詩的意思如此。又如北風傳云：

北風其涼，雨雪其雱。（興也。北風，寒涼之風。雱，盛貌。）惠而好我，攜手同行。（惠，愛。行，道也。）其虛其邪，既亟只且！（虛，虛也。亟，急也。）

傳述興義太略，但序裏說得清清楚楚的：

北風，刺虐也。衛國並為威虐，百姓不親，莫不相攜持而去焉。

全詩裏這種簡略的傳有很多處，不但興詩為然。還有，如前面引過的齊風南山篇傳云：

南山崔崔，雄狐綏綏。（興也。南山，齊南山也。崔崔，高大也。國君尊嚴，如南山崔崔然。雄狐相隨，綏綏然無別，失陰陽之匹。）魯道有蕩，齊子由歸。（蕩，平易也。齊子，文姜也。）既曰歸止，曷又懷止！（懷，思也。）

說是「國君」「失陰陽之匹」，而「齊子，文姜也」，又經注明，夠具體的，卻偏不說出國君是誰，豈不突兀？其實序裏早說出「刺襄公也，鳥獸之行，淫乎其妹」了。這樣看，序便不能作於毛傳之後了㊀㊅。這一類興句若可稱為譬喻，當是隱喻，與前一類不同。又其次，興句也是孤懸，而序、傳中全見不出是譬喻。如周南卷耳序、傳云：

卷耳，后妃之志也，又當輔佐君子求賢審官。知臣下之勤勞，內有進賢之志而無險詖私謁之心。朝夕思念，至於憂勤也。

采采卷耳，不盈頃筐。（憂者之興也。采采，事采之也。卷耳，苓耳也。頃筐，畚屬，易盈之器也。）嗟我懷人，寘彼周行。（懷，思；寘，置；行，列也。）

毛詩正義云：

不云「興也」而云「憂者之興」，明有異於餘興也。餘興言菜，卽取采菜喻，言生長卽以生長喻。此言采菜而取憂爲興，故特言「憂者之興」；言「興」取其「憂」而已，不取其采菜也。

照傳、疏的意思，后妃憂在進賢，「朝夕思念，至於憂勤」，專心致志，念茲在茲，日常的事都不在意，所以采卷耳采來采去，還采不滿一淺筐子。這采菜不能滿筐一件事，正以見后妃的「憂勤」，正是后妃「憂勤」的一例。而舉一可以例餘，別的日常的事也就可想可知了。舉一例餘本與隱喻有近似的地方㊀㊆，稱爲興詩似乎也還持之有故。又小雅大東序、傳云：

大東，刺亂也。東國困於役而傷於財。譚大夫作是詩以告病焉。

有饛簋飧，有捄棘匕。（興也。饛，滿簋貌。飧，熟食，謂黍稷也。捄，長貌。匕，所以載鼎實。棘，赤心也。）周道如砥，其直如矢。（如砥，貢賦平均也。如矢，賞罰不偏也。）君子所履，小人所視。睠言顧之，潸焉出涕。

按序、傳的說法，這是一篇傷今思古的詩㊀㊇，好像戲詞兒說的「思想起，當年事，好不慘然」。但「當年事」多如亂麻，從那兒說起呢？於是舉出「吃飽飯」這一件以例其餘。陳奐說此篇云，「興者，陳古以言今，亦興體也；餘皆託物以爲喻。」他伸毛義是不錯的。葛覃、伐木、鴛鴦等篇的興義也和以上兩篇大同小異㊀㊇。又其次，也許是最可注意的，像鴟鴞、鶴鳴兩篇興詩，興句之下，並無正句，全篇都是譬喻。但並非全篇皆興。只有發端纔是興，興以外的譬喻是比。這層下文詳論。

詩毛氏傳疏周南南有樛木篇云：

案樛木下曲而垂，葛藟得而上蔓之。喻后妃能下逮其衆妾，得以親附焉。傳於首章言興以晐下章也，全詩倣此。

但南有樛木篇二三兩章的首二句是複沓首章的；首章的是興句，二三兩章的自然也可說是興句。而且這種興句在別篇章首時，傳也還認爲興句，上文討論過的車鄰、南有嘉魚、有駜三篇都是如此。就中車鄰篇次章「阪有漆，隰有栗」既是興句，三章的「阪有桑，隰有楊」是複沓次章的，也便連帶成爲興句了。興詩中全篇各章複沓的共五十三篇，快到一半了，這些都可說是「首章言興以晐下章」的。又興詩通例多以一「事」爲喻，如「關關雎鳩，在河之洲」，「風雨淒淒，雞鳴喈喈」，一以雎鳩爲主，一以雞鳴爲主，可都是一件事。間有並舉二事的，但必是一類。這種興句往往是平行的，如「山有扶蘇，隰有荷華」，「葛生蒙楚，蘞蔓于野」。只有前引南山篇，興句明是串言一事，以雄狐爲主，而傳卻分爲兩喻，是僅有的例外。毛傳興詩的標準並不十分明確。以這些興詩爲例，似乎還可以定出好些興詩來。最顯著的是小雅皇皇者華篇，首章云：

> 皇皇者華，于彼原隰。駪駪征夫，每懷靡及。

次句下傳云：

> 皇皇猶煌煌也。高平曰原，下濕曰隰。忠臣奉使，能光君命，無遠無近，「如」華不以高下易其色。

傳明用「如」字，明以「皇皇者華」二句爲喻句，卻不說是興。又邶風燕燕篇，序以爲衛莊姜送戴嬀，首章云：

> 燕燕于飛，差池其羽。之子于歸，遠送于野。瞻望弗及，泣涕如雨。

次句下傳云：

> 燕燕，鳦也。燕之于飛，必差池其羽。

鄭箋云：

差池其羽，謂張舒其尾翼。「以興」戴嬀將歸，顧視其衣服。

這也言之成理。古人卻不敢說傳的標準不明確，螽斯正義引鄭志答張逸云：

若此無人事，實興也。文義自解，故不言之，凡說不解者耳。衆篇皆然。

這明是曲爲迴護，代圓其說了。

鄭箋說興詩，詳明而有系統，勝於毛傳，雖然「作詩者之意」還是難知。鄭玄以爲「詩之興」是「象似而作之」(二五)。傳說「興也」，箋大多數說「興者喻」。如葛覃箋云：

葛者，婦人之所有事也。此因葛之性以興焉。「興者」，葛延蔓於谷中，「喻」女在父母之家，形體浸浸日長大也。葉萋萋然，「喻」其容色美盛也。

又如桃夭箋云：

「興者，喻」時婦人皆得以年盛時行也。

螽斯正義說，「箋言『興者喻』，言傳所興者，欲以喻此事也。『興』『喻』名異而實同」。有時也說「興者猶」，有時單說「猶」，有時又說「以喻」，但是都很少。箋又參照毛傳興詩的例，增加了些興詩。燕燕篇之外，如小雅四月篇首「四月維夏，六月徂暑」二語箋云：

徂，猶始也。四月立夏矣，至六月乃始盛暑。「興」人爲惡亦有漸，非一朝一夕。

這也是明說「興」的。還有，如召南殷其靁篇「殷其靁，在南山之陽」箋云：

> 靁「以喻」號令。於南山之陽又「喩」其在外也。召南大夫以王命施號令於四方，「猶」靁殷殷然發聲於山之陽。

說「以喩」，說「猶」，也正與說毛傳興詩的語例相同。這一類可以說是鄭箋增廣的興詩。鄭箋雖然詳明有系統，可是所說的興詩喩義，與毛傳一樣，都遠出常人想像之外。黃侃文心雕龍札記比興篇論興云，「自非受之師說，焉得以意推尋！」是不錯的。所謂「師說」，只是「知人論世」。「知人論世」的結果爲甚麼會遠出常人想像之外呢？這卻眞非一朝一夕之故了。

* * *

㊀說本鄭志。「南」當別出，與風雅頌爲四，今不具論。

㊁如阮元釋頌說「頌」就是「樣子」，也就是舞容（揅經室集卷一），章炳麟小疋大疋說下說「『雅』『烏』古同聲……其初秦聲烏烏」（文錄卷一），還有，顧頡剛先生以國風爲各國的土樂（古史辨三下六四七至六四八面），傅斯年先生以雅爲地名（中央研究院史語所集刊第一本第一分一〇六面）等。

㊂今文尙書堯典。

(四)禮記經解篇。

(五)南宋吳泳曰：「毛氏自關雎而下總百十六（原作百六十）篇，首繫之興，風七十，小雅四十，大雅四，頌二，注曰『興也』。」（困學紀聞三）

(六)江有汜、芄蘭、月出。

(七)葛覃、行露、采葛、東方之日、鴟鴞、采芑、黃鳥（小雅）、緜。

(八)漢廣、桑柔。

(九)匏有苦葉、東方之日、伐木三篇也如此。

(十)傳以為喻。

(一一)唐風揚之水篇也是興詩。傳於邶、鄘兩柏舟，邶、小雅兩谷風，唐兩有杕之杜，都定為興詩。又秦無衣是興，唐無衣卻非興，疑亦脫「興也」字。

(一二)惠周惕詩說上「毛氏獨以首章發端者為興」。

(一三)周禮「六詩」的名稱，似乎原出於樂歌；所謂「興」，跟毛詩「興也」的「興」不同。第三章中將提及。

(一四)周禮大師鄭玄注引鄭衆說。

(一五)陳騤文則稱為「對喻」。參看唐鉞修辭格六面及黎錦熙修辭學比興篇四十九面。

(一六)辨序的大抵舉序、傳不合之處為言。但傳本有反言興義的例。秦風終南傳，「宜以戒不宜也」，又黃鳥傳所說興義，都可證。

⑰參看 Stephen J. Brown, The World of Imagery, pp. 152—153.

⑱鄭箋，「此言古者天子之恩厚也」。

⑲鴛鴦箋，「言興者，廣其（指「交於萬物有道」）義也」，「廣其義」就是舉一例餘。陳奐說葛覃篇，謂「興義與鴛鴦篇同」。說卷耳篇又謂葛覃篇「卽事以言興」，卷耳篇「離事以言興」。前者是舉一事以例餘事，後者是舉一事以見其情；其實無須細分。

⑳周禮天官司裘「大喪，廞裘，飾皮車」注。

（二）興義溯源

春秋時列國大夫聘問，通行賦詩言志，詳見左傳。賦詩多半是自唱，有時也教樂工去唱；唱的或是整篇詩，或只選一二章詩㊀。當時人說話也常常引詩爲證。所賦所引的詩，大多數在「詩三百」裏。賦一章詩的似乎很多。左傳襄公二十八年，盧蒲癸說，「賦詩斷章，余取所求焉」，杜預注，「譬如賦詩者，取其一章而已」。「余取所求焉」也就是國語師亥說的「詩所以合意」（魯語下）。賦詩只取一二章，並且只取一章中一二句，以合己意，叫作「斷章取義」，引詩也是如此。這些都是借用古詩，加以引伸，取其能明己意而止。「作詩人之意」是不問的。最顯著的例是左傳成公十二年晉郤至對楚子反的話：

> 世之治也，諸侯間於天子之事，則相朝也。於是乎有享宴之禮。享以訓共儉，宴以示慈惠。共儉以行禮而慈惠以布政。政以禮成，民是以息，百官承事，朝而不夕。此公侯之所以扞城其民也。故詩曰，「赳赳武夫，公侯干城」。及其亂也，諸侯貪冒，侵欲不忌。爭尋常以盡其民。略其武夫以爲己腹心股肱爪牙。故詩曰，「赳赳武夫，公侯腹心」。天下有道，則公侯能爲民干城而制其腹心。亂則反之。

這四句詩都在周南兔罝篇裏，前二句在首章，後二句在三章。那三章詩是複沓的，「赳赳武夫」二句（次章下句作「公侯好仇」），三章句法相同，意思自然一樣。郤至爲了自己辯論的方便，硬將這四句說成相反兩義，當然是穿鑿，是附合文離。不過他是引詩爲證，不是說詩；主要的是他的論旨，而不是詩的意義。看左傳的記載，那時卿大夫對於「詩三百」大約都熟悉，各篇詩的本義，在他們原是明白易曉，正和我們對於皮黃戲一般。他們聽賦詩，聽引詩，只注重賦詩的人引詩的人用意所在；他們對於原詩的了解是不會跟了賦詩引詩的人而歪曲的。好像後世詩文用典，但求舊典新用，不必與原義盡合；讀者欣賞作者的技巧，可並不會因此誤解原典的意義。不過注這樣詩文的人該舉出原典，以資考信。毛鄭解詩卻不如此。「詩三百」原多即事言情之作，當時義本易明。

到了他們手裏，有意深求，一律用賦詩引詩的方法去說解，以斷章之義爲全章全篇之義，結果自然便遠出常人想像之外了。而說比興時尤然。

左傳所記賦詩，見於今本詩經的，共五十八篇，國風二十五，小雅二十六，大雅一，頌一。引詩共八十四篇，國風二十六，小雅二十三，大雅十八，頌十七。重見者均不計㊀。再將兩項合計，再去其重複的，共有一百二十三篇，國風四十六，小雅四十一，大雅十九，頌十七，占全詩三分之一強，可見「詩三百」當時流行之盛之廣了。賦詩各篇中毛傳定爲興詩的二十六，引詩中二十一，兩項合計，去重複，共四十篇，占興詩全數三分之一弱。賦詩顯用喩義的九篇，有七篇興詩㊂。引詩顯用喩義的十篇，有五篇興詩㊃。現在只舉左傳明言喩義而與毛詩相合的五篇，依左傳中次序。先說賦詩。文公四年傳云：

> 衞甯武子來聘。公與之宴，爲賦湛露及彤弓。不辭，又不答賦。使行人私焉。對曰，「臣以爲肄業及之也。昔諸侯朝正於王，王宴樂之，於是乎賦湛露，則天子當陽，諸侯用命也。……」

按毛詩湛露序、傳云：

> 湛露，天子宴諸侯也。
>
> 湛湛露斯，匪陽不晞。（興也。湛湛，露茂盛貌。陽，日也。晞，乾也。露雖湛湛然，見陽則乾。）厭厭夜飲，不醉無歸。（傳略）

合看序、傳，正是「天子當陽，諸侯用命」的意思。又襄公十三年傳說齊國再伐魯國，魯國派穆叔聘晉，並求援助。他「見范宣子，賦鴻雁之卒章。宣子曰，『匃在此，敢使魯無鳩乎？』」（杜註，鳩，集也。）按鴻雁序云：

> 鴻鴈，美宣王也。萬民離散，不安其居。而能勞來還定安集之，至于矜寡，無不得其所焉。

詩卒章傳云：

> 鴻鴈于飛，哀鳴嗸嗸。（未得所安集，則嗸嗸然。）維此哲人，謂我劬勞。維彼愚人，謂我宣驕。（宣，示也。）

「安集」之義，正本左傳。又襄公十九年傳云：

> 季武子如晉拜師，晉侯享之。范宣子為政，賦黍苗。季武子興，再拜稽首曰：「小國之仰大國也，如百穀之仰膏雨焉。若常能膏之，其天下輯睦，豈唯敝邑！」

按黍苗序、傳云：

> 黍苗，刺幽王也。不能膏潤天下，卿士不能行召伯之職焉。

芃芃黍苗，陰雨膏之。（興也。芃芃，長大貌。）悠悠南行，召伯勞之。（悠悠，行貌。）

所謂「不能膏潤天下卿士」，也本於左傳。

次記引詩。文公七年傳云：

宋成公卒。……昭公將去羣公子。樂豫曰，「不可。公族，公室之枝葉也。若去之，則本根無所庇陰矣。葛藟猶能庇其本根，故君子以爲比，況國君乎！……」

按葛藟序、傳云：

葛藟，王族刺平王也。周室道衰，棄其九族焉。

緜緜葛藟，在河之滸。（興也。緜緜，長不絕之貌。水厓曰滸。）終遠兄弟，謂他人父。（兄弟之道已相遠矣。）謂他人父，亦莫我顧。

所謂「棄其九族」「兄弟之道已相遠」，都本於左傳。陳奐云，「此詩因葛藟而興，又以葛藟爲比，故毛傳以爲興，左傳則以爲比」。左傳的「比」只是譬喻，與毛傳的興兼包「發端」一義者不同，陳說甚確。但他下文又說，「蓋言興而比已寓焉矣」，那卻糊塗了。又襄公三十一年傳云：

北宮文子相衛襄公以如楚，宋之盟故也。過鄭，印段迋勞于棐林，如聘禮而以（用）勞辭。

文子入聘。子羽爲行人。馮簡子與子大叔逆客。事畢而出，言於衞侯曰，「鄭有禮，其數世之福也，其無大國之討乎！詩云，『誰能執熱，逝不以濯？』禮之於政，如熱之有濯也；濯以救熱，何患之有！……」

按桑柔五章傳云：

爲謀爲毖，亂況斯削。（毖，愼也。）告爾憂恤，誨爾序爵。誰能執熱，逝不以濯？（濯所以救熱也，禮所以救亂也。）其何能淑！載胥及溺！

「誰能執熱」二句傳幾乎全與左傳同。桑柔是興詩，但這兩句卻是大序所謂「比」。以上五例，一方面看出斷章取義或詩以合意的情形，一方面可看出毛詩比興受到了左傳的影響。但春秋時賦詩引詩，是卽景生情的；在彼此晤對的背景之下，儘管斷章取義，還是親切易曉。毛詩一律用賦詩引詩的方法，卻沒了那背景，所以有時便令人覺得無中生有了。鄭箋力求系統化，力求泯去斷章的痕跡，但根本態度與毛傳同，所以也還不免無中生有的毛病。

詩序主要的意念是美刺，風雅各篇序中明言「美」的二十八，明言「刺」的一百二十九，兩共一百五十四，占風雅詩全數百分之五十九強。其中興詩六十七，美詩六，刺詩六十一，占興詩全數百分之五十八弱。美刺並不限於比興，只一般的是詩的作用，所謂「詩言志」最初的意義是諷與頌，就是後來美刺的意思。古代天子聽政，使公卿至於列士獻詩，庶人傳語㊄。詩經說到作詩之意的有十二篇，都不外乎諷與頌㊅。不過這十二篇只有兩篇風詩，其餘全在大小雅裏。風詩大概不出於民間㊆，但與小雅的一部分都非「獻詩」，是可無疑的。劉安所謂「國風好色而不淫，小雅怨誹而不亂」，多少說着了這部分詩的性質與作用。這是歌謠，可是貴族的歌謠。春秋用風詩比較的晚。左傳僖公二十四年引用曹風候人，這是開始。勞孝輿春秋詩話二云：

> 春秋至僖二十四年爲八十年矣。至此始引用列國之風，前所引者皆雅頌。可知風詩皆隨時所作，如碩人、清人之類是也。而左氏不悉標出者，大抵風詩未必有切指之題。小序之傅會，可盡信哉！

賦風詩卻以文公十三年鄭子家賦載馳篇爲始見。勞氏因此推想「風詩皆隨時所作」，舉碩人、清人等篇爲例。但作詩時代，左傳有記載的只有碩人、清人、載馳、黃鳥四篇㊇。據這四篇而推論其餘的一百五十六篇風詩皆春秋中葉後隨時所作，實難徵信。大約風詩（和小雅一部分）入樂較晚，而當時詩以聲爲用，入樂以後，纔得廣傳，因此引的賦的也便晚了。不過勞氏說，「風詩未必有切指之題，小序之傅會，可盡信哉！」卻是重要的意見。原來自從僖公二十四年以後，引風詩賦風詩的都很不少。雅頌本多諷頌之作，斷章取義與原義不致相去太遠；風詩卻少諷頌之作，斷章取義往往與原義差得很遠。這在當時是無妨的。後來毛詩卻一律用賦詩引詩的方法說解，在風詩（及小雅的一部分）便更覺支離傅會了。而譬喻的句子（比興）尤其是這樣。

「美刺」之稱實在本於春秋家。公羊、穀梁解經多用「褒貶」字，也用「美惡」字。公羊隱公七年傳云：

> 「滕侯卒。」何以不名？微國也。微國則其稱「侯」何？不嫌也。春秋貴賤不嫌同號，「美惡」不嫌同辭。

又如僖公十年「晉殺其大夫里克」傳云：

> 然則曷爲不言惠公之入？晉之不言出入者，踊（何休注，豫也。）爲文公諱也。齊小白入于齊，則曷爲不爲桓公諱？桓公之享國也長，「美」見乎天下，故不爲之諱本「惡」也。文公之享國也短，美未見乎天下，故爲之諱本惡也。

這都是「美惡」並言，是實字，是名詞。「美惡」是當時成語，有時也用爲形容詞和副詞[9]。又穀梁僖公元年傳云：

「齊師、宋師、曹師城邢。」是向之師也。使之如改事然，「美」齊侯之功也[10]。

又如僖公九年傳云：

「九月戊辰，諸侯盟于葵丘。」桓盟不日，此何以日？「美」之也。爲見天子之禁，故備之（日）也。

這是專說「美」的，「美」字虛用，是動詞。「惡」字如此虛用的例，兩傳中未見。卻有「刺」字，只穀梁傳中一見。莊公四年傳云：

「冬，公及齊人狩于郜。」「齊人」者，齊侯也。其曰「人」何也？卑公之敵，所以卑公也。不復讎而怨不釋，刺釋怨也。

這裏「美」和「刺」該就是毛詩所本。但兩傳所稱「美惡」「美刺」，都不免穿鑿之嫌，毛鄭大概也受到了影響。詩經中可也一見「美刺」的「刺」字。魏風葛屨篇末述作詩之意云：

維是褊心，是以爲刺。

這是刺詩的內證，足爲美刺說張目。按美，善也[11]，詩序中也偶用「嘉」字[12]。刺，責也[12]，詩序中也偶用「責」「誘」「規」「誨」等字[14]，更常用「戒」字。如秦風終南序云，「戒襄公也」。首章「終南何有？有條有枚。」傳也說，「宜以戒不宜也。」序、傳相合顯然。可是詩序據獻詩諷頌的史跡，卻採用了春秋家的名稱，似乎也不是無因的。孟子滕文公下云：

> 世衰道微，邪說暴行有作。臣弒其君者有之，子弒其父者有之。孔子懼，作春秋。……孔子成春秋而亂臣賊子懼。

趙岐注，「言亂臣賊子懼春秋之貶責也。」又離婁下云：

> 王者之迹熄而詩亡。詩亡然後春秋作。晉之乘，楚之檮杌，魯之春秋，一也，其事則齊桓、晉文，其文則史。孔子曰，「其義則丘竊取之矣。」

焦循孟子正義說，「諸史無義而春秋有義」，是確切的解釋。所謂「義」是甚麼呢？僞孫奭疏云：

> 蓋春秋以義斷之，……以賞罰之意寓之褒貶，而褒貶之意則寓於一言耳。

在史是褒貶，在詩就是諷頌。孟子似乎是說，獻詩的事已經衰廢了，孔子寓諷頌之義於史，作春秋，賞善罰惡，以垂教於天下後世，所以「亂臣賊子懼」。詩與春秋在孟子書中，相關既如此之密切，那麼，序詩的人參照詩文，採用「美刺」的名稱，也是很自然的事了。

孔子時賦詩不行，雅樂敗壞，詩和樂漸漸分家。所以他論詩便側重義一方面。他說：

> 「詩三百」，一言以蔽之，曰，「思無邪」。（論語爲政）

論語集解引包咸曰，「歸於正」。按「思無邪」見魯頌駉篇末章，下句是「思馬斯徂」。箋云，「徂，猶行也。……牧馬使可走行」。全詩詠牧馬事。陳奐於首章說云，「思，詞也。斯，猶其也。『無疆』『無期』，頌禱之詞。『無斁』『無邪』，又有勸戒之義焉。『思』皆爲語助。」「無邪」只是專心致志的意思，孔子當是斷章取義。他又說，

> 興於詩，立於禮，成於樂。（泰伯）

又說，

> 小子何莫學夫詩！詩可以興，可以觀，可以羣，可以怨。邇之事父，遠之事君。……（陽貨）

這都是從「無邪」一義推演出來的。孔子以「無邪」論詩，影響後世極大。詩大序所謂「正得失」，所謂「先王以是經夫婦，成孝敬，厚人倫，美教化，移風俗」，所謂「發

乎情，止乎禮義」，都是「無邪」一語的注腳。毛詩、鄭箋的基石，可以說便是這個意念。至於傳、箋的方法，卻受於孟子爲主㊀㊄，但曲解了孟子。孟子時雅樂衰亡，新聲大作，詩樂完全分家，詩更重義一方面。他說詩雖然還不免有斷章取義之處，但他開始注重全篇的說解了。萬章上，咸丘蒙問道：

> 詩云，「普天之下，莫非王土。率土之濱，莫非王臣。」而舜既爲天子矣，敢問瞽瞍之非臣如何？

孟子答道：

> 是詩也，非是之謂也。勞於王事而不得養父母也。曰「此莫非王事，我獨賢勞也」。故說詩者不以文害辭，不以辭害志。以意逆志，是爲得之。如以辭而已矣，雲漢之詩曰，「周餘黎民，靡有孑遺。」信斯言也，是周無遺民也。

這是論小雅北山詩。全詩主旨在咸丘蒙所舉四句之下的「大夫不均，我從事獨賢」二句，孟子的意見是對的。咸丘蒙是斷章取義，孟子卻就全篇說解。這是一個新態度。春秋賦詩，雖有全篇，所重在聲，取義甚少。引詩卻有說全篇意義的。如左傳隱公三年，君子曰，「風有采蘩、采蘋，雅有行葦、泂酌，昭忠信也。」杜注云，「明有忠信之行，雖薄物皆可爲用」。但只此一例，出於偶然。到了孟子，纔有意的注重全篇之義；他和咸丘蒙論北山詩，和公孫丑論小弁、凱風的怨親不怨親（告子下），都是就全篇而論。而在對咸丘蒙的一段話裏，更明顯的表示他的主張。「以文害辭」「以辭害志」便指斷章取義而言，他反對那樣說詩。「以意逆志」趙注云：

> 人情不遠。以己之意逆詩人之志，是爲得其實矣。

說文二下辵部，「逆，迎也」。周禮天官司會「以逆都鄙官府之志」，司書「以逆羣吏之徵令」，鄭玄都注云，「逆受而鉤考之」。又地官鄉師「以逆其役事」，鄭注也道，「逆猶鉤考也」。以己之意「迎受」詩人之志而加以「鉤考」，與「詩所以合意」正相反。如何以己之意「鉤考」詩人之志呢？趙氏舉出「人情不遠」之說，是很好的。但還得加一句，逆志必得靠文辭。文辭就是字句。「以文害辭」「以辭害志」，固然不成，但離開字句而猜全篇的意義也是不成的。孟子論北山等三詩，似乎只靠文辭說解詩義；他並不曾指出這些是何時何人的詩㊀㊅。到此爲止的「以意逆志」是沒有甚麼流弊的。但孟子還說了一番話：

> ……以友天下之善士爲未足，又尙（上）論古之人。頌（誦）其詩，讀其書，不知其人，可

乎？是以論其世也。是尚友也。（萬章下）

這一段只重在「尙論古之人」，「誦詩」「讀書」與「知人論世」各是一事，並不包含「誦詩」「讀書」必得「知人論世」纔能了解的意思。毛詩、鄭箋跟着孟子注重全篇的說解，自是正路。但他們曲解「知人論世」，并死守着「思無邪」一義膠柱鼓瑟的「以意逆志」，於是乎就不是說詩而是證史了。斷章取義而以「思無邪」論詩，是無妨的。根據「文辭」「以意逆志」，或「知人論世」「以意逆志」，也可以多少得着「作詩人之意」，因爲人情是不相遠的。他們卻據「思無邪」一義先給「作詩人之志」定下了模型，再在這模型裏「以意逆志」，以詩證史，人情自然顧不到，結果自然便遠出常人想像之外了。固然傳、箋以詩證史，也自有他們的客觀標準，便是詩經中的國別與篇次㊀㊉；鄭氏根據了這些，系統的附合史料，便成了他的詩譜。但國別與篇次都是在詩外的不確切的標準，與詩義相關極少，不足爲據。就在這種附合支離的局面下，產生了賦比興的解釋；而比興義去常情更遠，最爲纏夾，可也最受人尊重。

* * *

㊀參看左傳僖二十三年「公賦六月」句下正義引劉炫說。又左傳襄三十年，季武子如宋，「賦常棣之七章以卒」，杜預注，「七章以卒，盡八章」。詩至八章爲止，「七章以卒」就是賦七八兩章。

㊁據勞孝輿春秋詩話計算，但補了一篇葛藟進去。

㊂湛露、摽有梅、鴻雁、黍苗、常棣、野有蔓草、鵲巢。

㊃葛藟、行露、谷風、桑柔、蓼莪。

㊄國語周語上邵公諫厲王語，又晉語六范文子謂趙文子語，又左傳襄十四年師曠對晉平公語。

㊅詳詩言志篇。

㊆朱東潤國風出於民間論質疑（讀詩四論）。

㊇隱三年，閔二年，閔二年，文六年。

㊈左傳襄二十三年，「美疢不如惡石」，國語晉語一，「彼將惡始而美終」，荀子富國篇，「故使或美或惡」，皆以「美」「惡」對文，知爲成語。

㊉照范甯注，上文「齊師宋師曹師次於聶北救邢」一語，不稱「齊侯」而稱「齊師」，是責備齊桓公沒有救邢的誠意。這一句所稱「齊師」，就是向日次於聶北的齊師。雖仍稱「齊師」，但提另敍述，使又不同，這回是稱美桓公存邢之功了。

㊀㊀國語晉語一，「彼將惡始而美終」韋昭注。

㊀㊁大雅假樂序，「嘉成王也」。

㊀㊂瞻卬篇「天何以刺」傳。

㊀㊃衛風旄丘序，「責衛伯也」。陳風衡門序，「誘僖公也」。小雅沔水序，「規宣王也」，鶴鳴序，「誨宣王也」。

⑮困學紀聞卷三云，「申、毛之詩皆出於荀卿子，而韓詩外傳多述荀書。今考其言『采采卷耳』『鳲鳩在桑』『不敢暴虎，不敢馮河』，得風雅之旨。」那麼魯、毛二家說詩，韓引詩，都有取於荀子的引詩義了。不過荀子只是引詩立論，本意不在說詩，與孟子不同。魯、毛諸家說詩的方法，當仍是受於孟子爲主。

⑯趙注以小弁篇爲尹吉甫子伯奇的詩。

⑰參看古史辨卷三下顧頡剛毛詩序之背景與旨趣。

(三) 賦比興通釋

周禮大師「教六詩……」鄭玄注云：

賦之言「鋪」，直鋪陳今之政教善惡。

詩大序孔穎達正義引此，云，

詩文直陳其事不譬喻者，皆賦辭也。

這「賦」字似乎該出於左傳的賦詩。左傳賦詩是自唱或使樂工唱古詩，前文已詳。但還有別一義。隱公元年傳記鄭武公與母姜氏「隧而相見」云：

公入而賦，「大隧之中，其樂也融融。」姜出而賦，「大隧之外，其樂也洩洩。」

孔穎達正義云，「賦詩，謂自作詩也。」又僖公五年傳云：

（士蔿）退而賦曰，「狐裘尨茸，一國三公，吾誰適從！」

杜注，「士蔿自作詩也。」前者是直鋪陳其事，後者卻以譬喻發端。這許是賦詩的較早一義，也未可知㈠。又小雅常棣正義引鄭志答趙商云，

凡賦詩者或造篇，或誦古。

「造篇」除上舉二例外，還有衞人賦碩人篇，許穆夫人賦載馳篇，鄭人賦清人篇，秦人賦黃鳥篇等，卻似乎是獻詩一類㈠。就中只黃鳥篇各章皆用譬喻發端，其餘三篇多是直鋪陳其事。至於「誦古」，凡聘問賦詩都是的。「誦」也有「歌」意，詩經節南山「家父作誦」，可證。

鄭玄注周禮「六詩」，是重義時代的解釋。風、賦、比、興、雅、頌似乎原來都是樂歌的名稱，合言「六詩」，正是以聲爲用。詩大序改爲「六義」，便是以義爲用了。但鄭氏訓「賦」爲「鋪」，假借爲「鋪陳」字，還可見出樂歌的痕跡。大雅卷阿篇有「矢詩不多」一語，據上文「以矢其音」傳，「矢，陳也」。楚辭九歌東君「展詩兮會舞」，王逸訓「展」爲「舒」，洪興祖補注，「展詩猶陳詩也」。「矢詩」「展詩」也

就是「賦詩」，大概「賦」原來就是合唱。古代多合唱，春秋賦詩纔多獨唱，但樂工賦的時候似乎還是合唱的㊂。不過大雅烝民篇有云：

> 仲山甫之德，柔嘉維則。……天子是若，明命使賦。
> 王命仲山甫，……出納王命，王之喉舌。賦政于外，四方爰發。

前章傳云，「賦，布也」。下章「賦」字，義當相同。春秋列國大夫聘問，也有「賦命」「賦政」之義，歌詩而稱爲「賦」，或與此義有相關處，可以說是借詩「賦命」，也就是借詩言志。果然如此，賦比興的「賦」多少也帶上了政治意味，鄭氏所注「直鋪陳今之政教善惡」，便不是全然鑿空立說了。

荀子賦篇稱「賦」，當也是「自作詩」之義。凡禮、知、雲、蠶、箴五篇及佹詩一篇。前五篇像譬喻，又像謎語，只有佹詩多「直陳其事」之語。班固兩都賦序云，「賦者，古詩之流也」。王芑孫讀賦卮言導源篇合解荀、班云：

> 曰「佹」，旁出之辭，曰「流」，每下之說。夫既與詩分體，則義兼比興，用長箴頌矣。

這裏說賦是詩的別體或變體，與賦比興的「賦」義便無干了。漢書三十藝文志云。

> 春秋之後，周道寖壞。聘問歌詠，不行於列國，學詩之士，逸在布衣，而賢人失志之賦作

矣。大儒孫卿及楚臣屈原離讒憂國，皆作賦以風，咸有惻隱古詩之義。其後宋玉、唐勒，漢興枚乘、司馬相如下及揚子雲，競爲侈麗閎演之詞，沒其風諭之義。是以揚子悔之曰，「詩人之賦麗以則，辭人之賦麗以淫。」

賦的演變成爲兩派。兩都賦序又說漢興以來，言語侍從之臣及公卿大臣作賦，「或以抒下情而通諷諭，或以宣上德而盡忠孝」，是「雅頌之亞」。「孝成之世論而錄之，蓋奏御者千有餘賦」。賦雖從詩出，這時受了楚辭的影響，聲勢大盛㈣，它已離詩而自成韻文之一體了。鍾嶸詩品序以「寓言寫物」爲賦，便指這種賦體而言。但賦的「自作詩」一義還保存着，後世所謂「賦詩」「賦得」都指此。藝文志分賦爲四類。劉師培說「雜賦十二家」是總集，餘三類都是別集。三類之中，「屈平以下二十家，均緣情託興之作」，「陸賈以下二十一家，均騁辭之作」，「荀卿以下二十五家，均指物類情之作」㈤。漢以後變而又變，又有齊、梁、唐初「俳體」的賦和唐末及宋「文體」的賦。前者「以鋪張爲靡而專於詞」，後者「以議論爲便而專於理」。這是所謂「古賦」㈥。唐宋取士，更有律賦，調平仄，講對仗，限於八韻。這些又是賦體的分化了。

「比」原來大概也是樂歌名，是變舊調唱新辭。周禮大師鄭注云：

比見今之失，不敢斥言，取比類以言之。興見今之美，嫌於媚諛，取善事以喻勸之㊆。

釋「比」是演述詩大序「主文而譎諫」之意。朱子釋大序此語，以爲「主於文詞而託之以諫」㊇；「主文」疑卽指比興。鄭氏釋興當也是根據論語「興於詩」「詩可以興」二語。他又引鄭司農（衆）云：

比者，比方於物也。興者，託事於物。

毛詩正義解「司農」語云：

「比者，比方於物」，諸言「如」者皆比辭也。「興者，託事於物」，則興者，起也。取譬引類，起發己心，詩文諸舉草木鳥獸以見意者，皆興辭也。

鄭玄以美刺分釋興比，但他箋興詩，仍多是刺意。他自己先不能一致，自難教人相信。毛詩正義說，「其實作文之體，理自當然，非有所『嫌』『懼』也」，也是不信的意思。這一說可以不論。鄭衆說太簡，難以詳考；孔穎達所解，可供參考而已。他以「興」爲「取譬引類」，甚是，但沒有確定「發端」一義，還是纏夾不清的。以「諸言『如』者」爲「比」，當本於六朝經說，文心雕龍比興篇所舉「比」的例可見。如此釋「比」，界劃井然，可是又太狹了。按詩經「諸言『如』者」約一百四十多句，不言「如」，又非興句，而可知爲譬喩者，約一百四十多聯（間有單句）——小雅中爲多。照孔疏，這一百四十多聯便成了比興間的甌脫地，兩邊都管不着了。這些到底是甚麼呢？也許孔氏的意見和陳奐一樣，將這些聯的譬喩都算作「興」。陳氏曾立了三條例。一是「實興而傳不言興者」㊈，這是根據鄭志答張逸的話，前已引。許多在篇首的喩聯，便這樣被算作興了。二是諸章「各自爲興」。如齊風南山篇，小雅白華篇，除首章爲興外，他說其餘諸章「各自爲興」。這樣，許多在章首的喩聯也就被算作興了。三是一章之中，「多用興體」，如秦風蒹葭篇以及邶風匏有苦葉篇，小雅伐木篇，都是的。至如小雅鶴鳴篇，是「全詩皆興」。那麼，許多在章中的喩聯又被算作興了。

他這三條例也有相當的根據。第一例根據箋言興而傳不言興的詩，前已論及。但這是傳疏而箋密，後來居上之故。鄭氏不願公然改傳，所以答張逸說「文義自解，「傳」故不言之」，那是飾詞，實不足憑。陳氏卻因鄭氏說相信那些詩「實興」，恐怕不是毛氏本意。第二條根據「首章言興以晐下章」的通例。但那通例實在通不過去。因爲好些興詩都夾着幾章賦，而雅中興詩尤多如此，這是沒法賅括的。第三例沒有明顯的根據，也許只因為傳、箋說解這些喻聯，與說解興句的方法和態度是一樣的。那確是一樣的。這些喻聯不常有傳，但如桑柔五章中「誰能執熱，逝不以濯？」傳解為禮以救亂，見前引。又鶴鳴首章末「它山之石，可以為錯」傳云：

錯，石也，可以琢玉。舉賢用滯，則可以治國。（序，誨宣王也。）

又匏有苦葉篇次章之首「有瀰濟盈，有鷕雉鳴」傳云：

瀰，深水也。盈，滿也。深水，人之所難也。鷕，雉鳴聲也。衛夫人有淫佚之志，授人以色，假人以辭，不顧禮義之難至，使宣公有淫昏之行。（序，刺衛宣公也。公與夫人並為淫亂。）

又伐柯篇首章傳云：

伐柯如何？匪斧弗克。（柯，斧柄也。禮義者，亦治國之柄。）取妻如何？匪媒不得。（媒所以用禮也。治國不能用禮則不安。）（序，美周公也。周大夫刺朝廷之不知也。）

前兩例是隱喻，末一例是顯喻。箋例太多，從略。這樣「以意逆志」，這樣穿鑿傅會，確與說興詩一樣。可是孔疏所謂「比」，傳箋也還是用這種方法與態度說解。現在且還是只引傳。如簡兮篇次章之首「有力如虎，執轡如組」傳云：

組，織組也。武力比於虎，可以御亂御衆。有文章，言能治衆，動於近，成於遠也。（序，刺不用賢也。衛之賢者仕於伶官，皆可以承事王者也。）

又大明篇七章之首「殷商之旅，其會如林。矢于牧野，維予侯興。」傳云：

> 旅，衆也。如林，言衆而不爲用也。矢，陳；興，起也。言天下之望周也。（序，文王有明德，故天復命武王也。）

這不也是一樣的「以意逆志」，穿鑿傅會嗎？與陳氏（和孔氏？）所謂「興」有什麼區別呢？他那三條例看來還是白費的。那一百四十多聯譬喻，和那一百四十多「如」字句，實在是大序所謂「比」。那些喻聯實在太像興了，後世總將「比」「興」連稱，也並非全無道理的。「比」，類也，例也⊕。但這個「比」義也當從左傳來；前引文公七年傳「君子以「葛藟」爲比」，便是它的老家。「比」字有樂歌背景，經典根據，和政教意味，便跟只是「取也（他）物而以明之」（墨子小取）的「譬」不同。

「興」似乎也本是樂歌名，疑是合樂開始的新歌。王逸楚辭章句說：

> 離騷之文，依詩取興，引類譬諭。故善鳥香草以配忠貞，惡禽臭物以比讒佞，「靈脩」「美人」以媲於君，「宓妃」「佚女」以譬賢臣，虬龍鸞鳳以託君子，飄風雲霓以爲小人。其詞溫而雅，其義皎而朗。

所謂「依詩取興」，當是依「思無邪」之旨而取喻；楚辭體製與詩經不同，不分章，不能有「興也」的「興」。朱子楚辭集注說，「詩之興多而比賦少，騷則興少而比賦多」㊀㊀。他所舉的興句如九歌湘夫人中的：

沅有茝兮澧有蘭，思公子兮未敢言。

朱子的「興」是「託物興詞，初不取義」的，與毛傳不一樣。王氏也說茝蘭異於衆草，「以興湘夫人美好亦異於衆人」。這裏雖用了毛傳的「興」字，其實倒是不遠人情的譬喻。楚辭其實無所謂「興」。王氏注可也受了「思無邪」一義的影響，自然也不免傅會之處㊀㊁，但與史記屈原傳尚合，大體不至於支離太甚。所以直到現在，一般還可接受他的解釋。

楚辭的「引類譬諭」實際上形成了後世「比」的意念。後世的比體詩可以說有四大類。詠史，游仙，豔情，詠物㊀㊂。詠史之作以古比今，左思是創始的人，詩品上說他「得諷諭之致」。何焯義門讀書記文選第二卷評張景陽詠史云：

詠史不過美其事而詠歎之，檃括本傳，不加藻飾，此正體也。太沖多自攄胸臆，乃又其變。

游仙之作以仙比俗，郭璞是創始的人。詩品中說他「辭多慷慨，乖遠玄宗。……乃是坎壈詠懷，非列仙之趣也」。李善文選注二十一也說：

凡游仙之篇，皆所以滓穢塵網，錙銖纓紱，湌霞倒景，餌玉玄都。而璞之制，文多自敍。雖志狹中區，而辭無（兼）俗累。見非前識，良有以哉。

豔情之作以男女比主臣，所謂遇不遇之感。中唐如張籍節婦吟，王建新嫁娘，朱慶餘近試上張水部，都是衆口傳誦的。而晚唐李商隱「無題」諸篇，更爲煊赫，只可惜喻義不盡可明罷了。詠物之作以物比人，起於六朝。如鮑照贈傅都曹別述惜別之懷，全篇以雁爲比。又韓愈鳴雁述貧苦之情，全篇也以雁爲比。這四體的源頭都在王注楚辭裏。只就離騷看罷：

湯、禹嚴而求合兮，摯、咎繇而能調。苟中情其好脩兮，又何必用夫行媒！

這不是以古比今麼？

前望舒使先驅兮，後飛廉使奔屬。鸞皇爲余先戒兮，雷師告余以未具。吾令鳳鳥飛騰兮，繼之以日夜。飄風屯其相離兮，帥雲霓而來御。

這不是以仙比俗麼？

惟草木之零落兮，恐美人之遲暮。

這不是以男女比君臣麼？

> 余以蘭爲可恃兮：羌無實而容長。委厥美以從俗兮，苟得列乎衆芳。椒專佞以慢慆兮，樧又欲充夫佩幃。既干進而務入兮，又何芳之能祗！

這不是以物比人麼？九章的橘頌更是全篇以物比人的好例。詩經中雖也有比體，如碩鼠、鴟鴞、鶴鳴等篇，但是太少，影響不顯著。後世所謂「比」，通義是譬喻，別義就是比體詩，卻並不指詩大序中的「比」。不過談到詩經，以及一些用毛、鄭的方法說詩的人，卻當別論。說比體詩只是「比」的別義，因爲這四類詩，無寓意的固然只能算是別體，有寓意而作得太工了就免不了小氣，尤其是後兩類，所以也還只能算是別體；而且數量究竟不多。

後世多連稱「比興」，「興」往往就是「譬喻」或「比體」的「比」，用毛、鄭義的絕無僅有。不過「興」也有兩個變義。劉禹錫集二十三董武陵集序云：

> 詩者，其文章之蘊邪！義得而言喪，故微而難能；境生於象外，故精而寡和。

這可以代表唐人的一種詩論。大約是莊子「得意忘言」和禪家「離言」的影響。所謂言外之義，象外之境，劉氏卻沒有解釋。宋儒提倡道學，也受着道家禪家的影響。他們也說讀書只曉得文義是不行的，「必優游涵泳，默識心通，然後能造其微」㊀㊃。近思錄十四聖賢氣象門論曾子云：

> 曾子傳聖人學。……如言「吾得正而斃」，且休理會文字，只看他氣象極好。被他所見處大。後人雖有好言語，只被氣象卑，終不類道。

「只看氣象」當也是「造微」的一個意思。又朱子論韋應物詩「直是自在，氣象近道」㊀㊄。氣象是道的表現，也是修養工夫的表現。這意念可見是從「興於詩」「詩可以興」來，不過加以擴充罷了。讀詩而只看氣象，結果便有兩種情形。如黃魯直登快閣詩云，「落木千山天遠大，澄江一道月分明」。明周季鳳作山谷先生別傳說，木落江澄，本根獨在，有顏子克復之功」㊀㊅。這不是斷章取義嗎？又如沈德潛唐詩別裁集凡例云：

> 古人之言包含無盡。後人讀之，隨其性情淺深高下，各有會心。如好晨風而慈父感悟㊀㊆，講鹿鳴而兄弟同食㊀㊇，斯爲得之。董子曰，「詩無達詁」，此物此志也。

照沈氏說，詩愛怎麼理會就可怎麼理會，這不是無中生有嗎？又如周濟宋四家詞選序云：

> 夫詞非寄託不入，專寄託不出。一物一事，引而伸之，觸類多通。驅心若游絲之繯飛英，含毫如郢斤之斲蠅翼。以無厚入有間，既習已，意感偶生，假類畢達，閱載千百，謦欬弗違，斯入矣。賦情獨深，逐境必寤，醞釀日久，冥發妄中。雖鋪敘平淡，摹繢淺近，而萬感橫集，五中無

主。讀其篇者臨淵窺魚，意爲魴鯉，中宵驚電，罔識東西。赤子隨母笑啼，鄉人緣劇喜怒，可謂能出矣。

「能入」是能爲人所感，「能出」是能感人。他說善於觸類引伸的人，讀古人詞，久而久之，便領會得其中喻義，無所往而不通，而皆合古人之意。這種人自己作詞，也能因物喻志，教讀者惝怳迷離，只跟着他笑啼喜怒。他說的是詞中的情理，悲者讀之而亦悲，喜者讀之而亦喜，所謂合於古人者在此。至於悲喜的對象，則讀者見仁見智，不妨各有會心。這較沈氏說爲密，而大旨略同。後來譚獻在周氏詞辯中評語有「作者未必然，讀者何必不然？」的話，那卻是就悲喜的對象說了。但這裏的斷章取義，無中生有，究竟和毛詩不大一樣。觸類引伸的結果還不至於離開人情太遠了。而且近思錄和沈、周兩家差不多明說所注重的是讀者的受用而不是詩篇的了解，這也就沒甚麼毛病了。以上種種都說的是「言外之義」，我們可以叫作「興象」(一九)。

漢末至晉代，常以形似語「題目」人，如世說一郭林宗（泰）曰，「叔度（黃憲）汪汪如萬頃之陂，澄之不淸，擾之不濁。」後來又用以論詩文，如詩品上引李充翰林論，論潘岳「翩翩然如翔禽之有羽毛，衣服之有綃縠」。到了唐末，司空圖以味喻詩，以爲所貴者當在鹹酸之外，所謂味外味。又作二十四詩品，集形似語之大成。南宋敖陶孫詩評，也專用形似語評歷代詩家㊁㊉。到了借禪喻詩的嚴羽又提出「興趣」一義。滄浪詩話詩辯云：

> 夫詩有別材，非關書也。詩有別趣，非關理也。……詩者，吟咏情性也。盛唐諸人惟在興趣。羚羊挂角，無迹可求。故其妙處透徹玲瓏，不可湊泊。如空中之音，相中之色，水中之月，鏡中之象。言有盡而意無窮。

其詩評中又云：

> 詩有辭、理、意興。南朝人尚辭而病於理。本朝人尚理而病於意興。唐人尚意興而理在其中。漢魏之詩，辭、理、意興，無迹可求。

所謂「別趣」「意興」「興趣」，都可以說是象外之境。這種象外之境，讀者也可觸類引伸，各有所得；所得的是感覺的境界，和前一義之爲氣象情理者不同。但也當以「人情不遠」爲標準。淸代金聖嘆的批評頗用「興趣」這一義。但如他評西廂記第一本張君瑞鬧道場第四折一節話（金本題爲鬧齋），卻是極端的例子。這一折第一曲雙調新水令，張生唱云：

梵王宮殿月輪高，碧琉璃瑞烟籠罩。香烟雲蓋結，諷呪海波潮：幡影飄飆，諸檀越盡來到。

金氏在曲前評云：

吾友斵山先生嘗謂吾言，「匡廬眞天下之奇也。江行連日，初不在意。忽然於晴空中劈插翠嶂，平分其中，倒掛匹練。舟人驚告，此即所謂廬山也者。而殊未得至廬山也。更行兩日而漸乃不見，則反已至廬山矣！」吾聞而甚樂之，便欲往觀之，而遷延未得也。……然中心則殊無一日曾置不念，以至夜必形諸夢寐。常不一日二日必夢見江行如駛，仰視青芙蓉上插空中，一一如斵山言。寤而自覺，遍身皆暢然焉。

後適有人自西江來，把袖急叩之。則曰「無有是也」。吾怒曰，「彼傖固不解也！」後又有人自西江來，又把袖急叩之。又曰，「無有是也」。吾怒曰，「此又一傖也！」既而人苟自西江來，皆叩之。則言「然」「不然」各半焉。吾疑，復問斵山。斵山啞然失笑，言：「吾亦未嘗親見。昔者多有人自西江來，或言如是云，或亦言不如是云。然吾於言如是者即信之；言不如是者，置不足道焉。何則？夫使廬山而誠如是，則是吾之信其人之言爲眞不虛也。設苟廬山而不如是，則天地之過也。誠以天地之大力，天地之大慧，天地之大學問，天地之大游戲，即亦何難設此一奇以樂我後人，而顧吝不出此乎哉！」

吾聞而又樂之。中心忻忻，直至於今。不惟必夢之，蓋日亦往往遇之。吾於讀左傳往往遇之，吾於讀孟子往往遇之，吾於讀史記、漢書往往遇之。吾今於讀西廂亦往往遇之。何謂於讀西厢亦往往遇之？如此篇之初，新水令之第一句云，「梵王宮殿月輪高」，不過七字也。然吾以爲眞乃「江行初不在意」也，眞乃「晴空劈插奇峯」也，眞乃「殊未至於廬山」也，眞乃「至廬山即反不見」也！眞「大力」也，眞「大慧」也，眞「大游戲」也，眞「大學問」也！蓋吾友斵山之所教也。吾此生亦已不必眞至西江也，吾此生雖然終亦不到西江，而吾之熟覩廬山，亦未厭也！廬山眞天下之奇也！

他在曲後又評，說這一句是寫張生原定次早借上殿拈香看鶯鶯，但他心急如火，頭一晚就去殿邊等着了。不過原文張生唱前有白云，「今日二月十五日，和尚請拈香，須索走一遭」，明是早上。曲文下句「碧琉璃瑞烟籠罩」，明說有了香烟。再下語意更明。「月輪高」只是月還未落，以見其早，並非晚上。金氏說的眞可算得「以文害辭」「以辭害志」了。

*　*　*

㈠左傳聘問賦詩的記載，始於僖二十三年。

㈡詳見詩言志篇。

㈢北京大學文科研究所逯欽立君有六義參釋一稿。本章試測賦比興的初義，都根據他所搜集的材料，特此致謝。

(四)文心雕龍詮賦篇，「賦也者，受命於詩人，拓宇於楚辭（者）也」。

(五)左盦集卷八漢書藝文志書後。

(六)四庫提要總集類三元祝堯編古賦辨體條。

(七)周禮大司樂「興道諷誦言語」注，「興者，以善物喻善事也」。

(八)見呂氏家塾讀詩記三。

(九)邶風燕燕傳疏。

(十)僞鬼谷子反應篇，「事有比」，注，「比，謂比例」。又，「比者，比其辭也」，注，「比謂比類也」。

(一一)離騷序附注。

(一二)朱子楚辭集注序論王書有云，「或以迂滯而遠於性情，或以迫切而害於義理」。

(一三)六朝吳歌、西曲的諧聲詞格，也是比的一種，但通常認爲俳諧，今不論。

(一四)程頤春秋傳序。（二程全書伊川經說四）又詩人玉屑六引朱子論「說詩」，「曉得文義是一重，識得意思好處是一重」。又象山全集三十五，「讀書固不可不曉文義，然只以曉文義爲是，只是兒童之學，須看意旨所在」。

(一五)語類一四〇。

(一六)首二語本於趙嘏偉黃庭堅諡議，見山谷全書首卷二。宋張戒歲寒堂詩話云，「此但以『遠大』『分明』之語爲新奇。而究其實，乃小兒語也。」

(一七)魏文侯事，見韓詩外傳八。

㈧裴安祖事，見魏書四十五裴駿傳。

㈨周禮天官司裘「大喪，廞裘，飾皮車」正義，「興象生時裘而爲之」，「興象」即「象似」之意。殷璠河嶽英靈集序，「挈瓶庸受之流……攻異端，妄穿鑿，理則不足，言常有餘，都無興象，但貴輕豔。」「興象」即「比興」。今借用此名，義略異。

㈩詩人玉屑卷二。

(四)比興論詩

最初懷疑比興的作用的是鍾嶸。詩品序云：

> 若專用比興，則患在意深；意深則詞躓。若但用賦體，則患在意浮；意浮則文散。嬉成流移，文無止泊，有蕪漫之累矣。㈠

他說的是專用比興或專用賦的毛病，但也是第一個人指出「意深」「詞躓」是比興的毛病。同時劉勰論興，也說是「明而未融，故發注而後見」㈡。清陳沆作詩比興箋，魏源序有云：

> 由漢以降，變爲五言。古詩十九章，多枚叔之詞。樂府鼓吹曲十餘章，皆騷雅之旨。張衡四愁，陳思七哀，曹公蒼莽，「對酒當歌」，有風雲之氣。嗣後阮籍、傅玄、鮑明遠、陶淵明、

江文通、陳子昂、李太白、韓昌黎皆以比興爲樂府琴操，上規正始。視中唐以下純乎賦體者，固古今升降之殊哉！

他將「比興」的價值看得高於賦。這是陳子昂、李白、白居易、朱子等人的影響。又說詩到中唐以後，純乎賦體，以前是還用着「比興」的。但漢樂府賦體就很多，陶、謝也以賦體爲主，杜、韓更是如此。看魏氏只能選出少數的例子，不能作概括的斷語，便知是作序體例，不得不說幾句切題的話，事實並不然的。而他所謂「比興」也絕非毛鄭義，只是後世所稱「比興」罷了。

黃侃文心雕龍札記比興有論「興義罕用」的話，最爲明通。他說：

> 夫其取義差在毫釐，會情在乎幽隱，自非受之師說，焉得以意推尋！彥和謂「明而未融，發注後見」，沖遠（孔穎達）謂「毛公特言，爲其理隱」，誠諦論也。孟子云，學詩者「以意逆志」。此說施之說解已具之後，誠爲讜言。若乃興義深婉，不明詩人本所以作，而輒事探求，則穿鑿之弊固將滋多于此矣。
>
> 自漢以來，詞人鮮用興義。固緣詩道下衰，亦由文詞之作，趣以喻人。苟覽者恍惚難明，則感動之功不顯。用比忘興，勢使之然。雖相如、子雲，末如之何也！然自昔名篇，亦或兼存「比興」。及時世遷貿，而解者祇益紛紜。一卷之詩，不勝異說。九原不作，烟墨無言。是以解嗣宗

之詩，則首首致譏禪代，箋少陵之作，則篇篇繫念朝廷。雖當時未必不託物以發端，而後世則不能離言而求象。由此以觀，用比者歷久而不傷晦昧，用興者說絕而立致辨爭。當其覽古，知興義之難明。及其自爲，亦遂疎興義而希用。此興之所以寖微寖滅也。

從黃氏的話推論，我們可以說詩經興句雖然大部分是譬喻而傳、箋興義卻未必是「作詩人之意」，因爲那樣作詩，是會教「覽者恍惚難明」的。傳、箋所說若不是「作詩人之意」，是否也不免「穿鑿之弊」，也不免「離言而求象」呢？黃氏大約不這樣想。他跟一般好古的人一樣，總以爲毛、鄭去古未遠，「受之師說」，當然可信；所謂「說解已具」，正指傳、箋而言。後世學無專家，「師說」不存，再用傳、箋中「以意逆志」的方法去說詩，那當然是不成的。不過黃氏所謂「比」也還是後世的「比」。傳、箋裏那樣的「比」，其實也是教「覽者恍惚難明」的。

可是後世用「比興」說詩的還有不少。開端的是宋人。這可分爲兩類。一類可以說是毛、鄭的影響，不過破碎支離，變本加厲㊂。如詩人玉屑九「託物」條引梅堯臣(？)續金針詩格解杜甫早朝詩句云：

如「旌旗日暖龍蛇動，宮殿風微燕雀高」，旌旗喻號令，日暖喻明時，龍蛇喻君臣。言號令當明時，君所出，臣奉行也。宮殿喻朝廷，風徽喻政教，燕雀喻小人。言朝廷政教纔出而小人向化，各得其所也。

這不是無中生有嗎！玉屑所謂「託物」有時指後世所謂「比」，有時兼包後世所謂「比興」而言。世傳唐、宋人詩格一類書裏，像這樣無中生有的解說詩句或詩中物象的很多，似乎是一時風氣㊃。但這種解說顯然「穿鑿」，顯然「離言而求象」，而詩格一類書，既多僞作，又託體太卑，所以不為人重視㊄。謝枋得注解章泉（趙蕃）澗泉（韓淲）二先生選唐詩，也偶然用這樣方法，但很少，當也是詩格一類書的影響。另一類是系統的用賦比興或「比興」說詩。朱子楚辭集注是第一部書；他用詩集傳的辦法將楚辭各篇分章注明賦比興。不過他所謂「比」「興」與毛、鄭不盡同。他答鞏仲至（豐）書（集六十四）中又說：

古今之詩凡有三變。蓋書傳所記虞夏以來下及魏晉，自為一等。自晉宋間顏謝以後下及唐初，自為一等。自沈宋以後定著律詩下及今日，又為一等。……故嘗妄欲抄取經史諸書所載韻語，下及文選、漢魏古詞，以盡乎郭景純、陶淵明之所作，自為一編而附於三百篇、楚辭之後，以為詩之根本準則。又於其下二等之中擇其近於古者，各為一編，以為之羽翼輿衛；其不合者，則悉去之。

但他只作了詩集傳、楚辭集注，以下三編都未成書。元代有個劉履，繼承朱子的志願，編了一套風雅翼。這裏面包括選詩補注，以昭明所選爲主，加以刪補；「至其注釋，則以「朱子」傳詩、注楚辭者爲成法㊅」。但四言有時還分章說，五言卻以篇爲單位。又有選詩補遺，選拔「唐虞而降以至於晉，凡古歌辭之散見於傳記諸子集者」。又有選詩續編，「乃李唐、趙宋諸作」。四庫提要總集類三論此書云：

> 至於以漢、魏篇章強分「比興」，尤未免刻舟求劍，附合支離。朱子以是注楚辭，尚有異議，況又效西子之顰乎？以其大旨不失於正而亦不至全流於膠固，又所箋釋評論亦頗詳贍，尚非枵腹之空談，……固不妨存備參考焉。

這裏所謂「未免刻舟求劍，附合支離」，「而亦不至全流於膠固，又所箋釋評論亦頗詳贍」，我們現在也不妨移作楚辭集注的評語。這一類價值自然比前一類高得多。

還有前面提過的陳沆詩比興箋，專說「比興」的詩，與朱子等又略有不同。魏源序說他「以箋古詩三百篇之法，箋漢、魏、唐之詩，使讀者知『比興』之所起，卽知志之所之也」。他的書叫作「箋」，當是上希鄭箋的意思。各詩並不分別注明比興，只注重在以史證詩。看來他所謂「比興」是分不開的，其實只是詩大序的「比」。他的取喻倒眞是毛、鄭的系統，非詩格諸書模糊影響者所可並論。毛、鄭的權威既然很大，他這部書就也得着不少的尊重。在陳沆以前，張惠言詞選也以毛、鄭的方法說詞。詞選序云：

> 傳曰，「意內而言外謂之詞」。其緣情造端，「興」於微言，以相感動。極命風謠里巷男女哀樂，以道賢人君子幽約怨悱不能自言之情。低徊要眇，以喻其致。蓋詩之「比興」變風之義。騷人之歌則近之矣。

書中解釋也屢用「興」字。如溫庭筠更漏子第一首下云「『驚塞雁』三句言懽戚不同，『興』下『夢長君不知』也」。又晏殊踏莎行下云，「此詞亦有所『興』，其歐公蝶戀花之流乎？」按宋羅大經鶴林玉露四論辛棄疾菩薩蠻書江西造口壁云，「南渡之初，虜人追隆祐太后御舟至造口，不及而還。幼安自此起興。」又陳鵠耆舊續聞二論蘇軾黃州所作卜算子詞，以爲「揀盡寒枝不肯棲」是「取興鳥擇木之意」。是宋人已有以「比興」論詞的。到了張氏，纔更發揮光大，詞體於是乎也尊起來了㊆。

至於論詩，從唐以來，「比興」一直是最重要的觀念之一。後世所謂「比興」雖與毛、鄭不盡同，可是論詩的人所重的不是「比」「興」本身，而是詩的作用。白居易是這種詩論最重要的代表。他在與元九（稹）書中說從周衰秦興，六義漸微，到了六朝，大家「嘲風雪，弄花草」，六義盡去。唐興二百年，詩人不可勝數，「索其風雅比興，十無一焉」。就是杜甫，「撮其新安、石壕、潼關吏、蘆子關、花門之章，『朱門酒肉臭，路有凍死骨』之句，亦不過十三四首」。這是「詩道崩壞」。他說詩歌應該上以「補察時政」，下以「洩導人情」，又說，「歌詩合爲事而作」。又說他作諫官時，「月請諫紙。啓奏之外，有可以救濟人病，裨補時闕，而難於指言者，輒詠歌之，欲稍稍進聞於上」。他將自己的詩分爲四類。第一類便是「諷諭詩」。他說：

> 自拾遺來，凡所遇所感關於美刺比興者，又自武德訖元和，因事立題，題爲「新樂府」者，共一百五十首，謂之諷諭詩。

第二類是「閑適詩」。他接着說：

> 又或退公獨處，或移病閑居，知足保和，吟翫性情者，一百首，謂之閑適詩。

他又說：

> 故僕志在兼濟，行在獨善，奉而始終之則爲道，言而發明之則爲詩。謂之「諷諭詩」，兼濟之志也。謂之「閑適詩」，獨善之義也。故覽僕詩，知僕之道焉。

這簡直可以說是詩以明道了。「兼濟」和「獨善」都是道，所以上以「補察時政」，下以

「洩導人情」，都是詩歌的作用。但可以注意的是，他的「諷諭詩」裏只有一部分是後世所謂「比興」，大多數還是賦體，新樂府是的，「所遇所感」諸篇中一部分也是的。而長恨歌、琵琶行等賦體詩，爲當時及後世所傳誦的，卻並不在「諷諭詩」而在「感傷詩」裏。更可以注意的是，他說「風雅比興」，又說「美刺比興」，「風雅」和「美刺」可不都包括賦體詩在內嗎！原來毛傳、鄭箋雖爲經學家所尊奉，文士作詩，卻從不敢如法泡製，照他們的標準去用譬喻。因爲那麼一來，除非自己加注，恐怕就沒人懂。建安以來的作家，可以說沒有一個用過傳、箋式的「比興」作詩的。用楚辭式的譬喻作詩的倒有的是，阮籍是創始的人。不過這一種，連後來的比體在內，也還是不多。賦體究竟是大宗。賦體詩中間卻不短譬喻，後世的「比」就以這種譬喻爲多。就這種「比」及比體詩加以觸類引伸，便是後世的「興」了。這樣，後世論詩所說的「比興」並不是詩大序的「比」「興」了。可是大序的主旨，詩以「經夫婦，成孝敬，厚人倫，美教化，移風俗」，「發乎情，止乎禮義」，卻始終牢固的保存着。這可以說是「詩教」，也可以說是「詩言志」或詩以明道。代表這意念的便是白氏所舉「風雅」「比興」「美刺」三個名稱。不過「風雅」和「美刺」既然都兼包賦比興而言，而賦是「直陳其事」，不及

「比興」「主文而譎諫，言之無罪，聞之者足以戒」，所以白氏以後，「比興」這名稱用得最多。那麼，論詩尊「比興」，所尊的並不全在「比」「興」本身價值，而是在「詩以言志」，詩以明道的作用上了。明白了這一層，像譚獻篋中詞五評蔣春霖揚州慢詞㈧，竟說「賦體至此，轉高於比興」，就毫不足怪了。

* * *

㈠詩品序云，「文有盡而意有餘，興也。因物喻志，比也」，與舊解略異。

㈡文心雕龍比興篇。

㈢顧龍振詩學指南中收此類書甚多。

㈣王士禎香祖筆記卷六，「宋時為王氏之學者務為穿鑿。有稱杜子美禹廟詩『空庭垂橘柚』，謂『厥包橘柚錫貢』也，『古屋畫龍蛇』謂『驅龍蛇而放之菹』也。予童時見此說，即知笑之。」

㈤黃魯直大雅堂記論杜詩云：「彼喜穿鑿者棄其大旨，取其發興，於所遇林泉人物草木魚蟲，以為物物皆有所託，如世間商度隱語者，則子美之詩委地矣！」（山谷全書正集十六）

㈥元戴良風雅翼序。

㈦譚獻篋中詞卷三說，「倚聲之學，由二張而始尊」，二張即惠言與弟琦。又說周濟「推明張氏之旨而廣大之，此道遂與於著作之林，與詩賦文筆同其正變」。

⑻題爲「癸丑十一月二十七日賊趨京口，報官軍收揚州」，後半闋云，「劫灰到處，便遺民見慣都驚。問障扇遮塵，圍棋賭墅，可奈蒼生！月黑流螢何處？西風黯鬼火星星。更傷心南望，隔江無數峯青。」

詩教

（一）六藝之教

「詩教」這個詞始見於禮記經解篇：

孔子曰：「入其國，其教可知也。其爲人也溫柔敦厚，詩教也。疏通知遠，書教也。廣博易良，樂教也。絜靜精微，易教也。恭儉莊敬，禮教也。屬辭比事，春秋教也。故詩之失愚，書之失誣，樂之失奢，易之失賊，禮之失煩，春秋之失亂。

「其爲人也溫柔敦厚而不愚，則深於詩者也。疏通知遠而不誣，則深於書者也。廣博易良而不奢，則深於樂者也。絜靜精微而不賊，則深於易者也。恭儉莊敬而不煩，則深於禮者也。屬辭比事而不亂，則深於春秋者也。」

經典釋文引鄭玄說，「經解者，以其記六藝政教得失」。這裏論的是六藝之教；詩教雖然居首，可也只是六中居一。禮記大概是漢儒的述作，其中稱引孔子，只是儒家的傳說，未必眞是孔子的話。而這兩節尤其顯然。淮南子泰族篇也論六藝之教，文極近似，不說出於孔子：

六藝異科而皆同道（北堂書鈔九十五引作「六藝異用而皆通」）。溫惠柔良者，詩之風也。淳龐敦厚者，書之教也。清明條達者，易之義也。恭儉尊讓者，禮之爲也。寬裕簡易者，樂之化也。刺幾（譏）辯義（議）者，春秋之靡也。故易之失鬼，樂之失淫，詩之失愚，書之失拘，禮之失忮，春秋之失訾。六者聖人兼用而財（裁）制之。失本則亂，得本則治。其美在調，其失在權。

「六藝」本是禮樂射御書數，見周官保氏和大司徒；漢人纔用來指經籍㊀。所謂「六藝異用而皆通」，馮友蘭先生在原雜家裏稱爲「本末說的道術統一論」㊁；也就是漢儒所謂「六學」。六藝各有所以爲教，各有得失，而其歸則一。泰族篇的「風」「義」「爲」「化」「靡」其實都是「教」；經解一律稱爲「教」，顯得更明白些。——經解篇似乎寫定在淮南子之後，所論六藝之教比泰族篇要確切些。泰族篇「詩風」和「書教」含混，經解篇便分得很清楚了。

漢儒六學，董仲舒說得很明白，春秋繁露玉杯篇云：

君子知在位者之不能以惡服人也，是故簡六藝以贍養之。詩書序其志，禮樂純其養，易春秋明其知。六學皆大，而各有所長。詩道志，故長於質。禮制節，故長於文。樂詠德，故長於風。書著功，故長於事。易本天地，故長於數。春秋正是非，故長於治人。能兼得其所長，而不能偏舉其詳也。

他將六藝分爲「詩書」「禮樂」「易春秋」三科，又說「六學皆大，而各有所長」，可見並不特別注重詩教，和經解篇泰族篇是相同的。漢書八十八儒林傳敍也道：

> 古之儒者博學虖六藝之文。六藝（原作「學」，從王念孫讀書雜志校改）者，王教之典籍，先聖所以明天道、正人倫、致至治之成法也。……及至秦始皇……六學從此缺矣。……

道就是「異科而皆同道」了。六藝中早先只有「詩書禮樂」並稱。論語述而，「詩書執禮，皆雅言也」，泰伯，「興於詩，立於禮，成於樂」；前者詩書和禮並稱，後者詩和禮樂並稱。莊子徐无鬼篇，「橫說之則以詩書禮樂」，荀子儒效篇，「故詩書禮樂之道歸是矣」（從王先謙荀子集解引劉台拱說加「道」字）；「詩書禮樂」已經是成語了。詩書禮樂加上易春秋，便是「六經」，也便是六藝。莊子天運篇和天下篇都曾列舉詩書禮樂易春秋，前者並明稱「六經」，荀子儒效篇的另一處卻只舉詩書禮樂春秋，沒有易；可見那時「六經」還沒有定論。段玉裁說文解字敍注裏談到這一層：

> 周人所習之文，以禮樂詩書爲急。故左傳曰，「說禮樂而敦詩書」㈢，王制曰，「春秋教以禮樂，冬夏教以詩書」。而周易，其用在卜筮，其道取精微，不以教人。春秋則列國掌於史官，

亦不以敎人。故韓宣子適魯，乃見易象與魯春秋，此二者非人所常習明矣[四]。

段氏指出易春秋不是周人所常習，確切可信。不過周人所習之文，似乎只有詩書；禮樂是行，不是文。禮古經等大概是戰國時代的記載，所以孔子還只說「執禮」；樂本無經，更是不爭之論。而詩在樂章，古籍中屢稱「詩三百」，似乎都是人所常習；書不便諷誦，又無一定的篇數，散篇斷簡，未必都是人所常習。詩居六經之首，並不是偶然的。

董仲舒承用舊來六經的次序而分詩書、禮樂、易春秋爲三科，合於傳統的發展。西漢今文學序列六藝，大致都依照舊傳的次第。這次第的根據是六學發展的歷史。後來古文學興，古文家根據六藝產生的時代重排它們的次序。易的八卦，傳是伏羲所畫，而書有堯典：這兩者該在詩的前頭。所以到了漢書藝文志，六藝的次序便變爲易、書、詩、禮、樂、春秋；儒林傳敍列傳經諸儒，也按着這次序。詩經改在第三位。一方面西漢陰陽五行說極盛。漢儒本重通經致用；這正是當世的大用，大家便都偏着那個方向走。於是乎周易和尙書洪範成了顯學。而那時整個的六學也多少都和陰陽五行說牽連着；一面更都在竭力發揮一般的政敎作用。這些情形，看漢書儒林傳就可知道：

易　宣帝時，聞京房爲易明，求其門人得「梁丘」賀。……賀入說，上善之，以賀爲郎。

……以筮有應，繇是近幸，爲大中大夫、給事中，至少府。京房……以明災異得幸。費直……治易爲郎，至單父令。長於卦筮。高相……治易……專說陰陽災異。

書　許商……善爲算，著五行論歷。李尋……善說災異，爲騎都尉。

詩　申公……見上，上問治亂之事。申公……對曰，「爲治者不在多言，顧力行何如耳。」……即以爲大中大夫，……議明堂事。……弟子爲博士十餘人，……其治官民，皆有廉節，稱其學官。王式……爲昌邑王師。昭帝崩，昌邑王嗣立，以行淫亂廢。昌邑羣臣皆下獄誅。唯中尉王吉、郎中令龔遂以數諫減死論。式繫獄當死。治事使者責問曰，「師何以亡諫書？」式對曰：「臣以詩三百五篇朝夕授王，至於忠臣孝子之篇，未嘗不爲王反復誦之也；至於危亡失道之君，未嘗不流涕爲王深陳之也。臣以三百五篇諫，是以亡諫書。」使者以聞，亦得減死論。

禮　魯徐生善爲頌（容）。孝文時，徐生以頌爲禮官大夫。傳……孫延、襄。……襄亦以頌爲大夫，至廣陵內史。延及徐氏弟子公戶滿意、桓生、單次皆爲禮官大夫。而瑕丘蕭奮以禮至淮陽太守。

春秋　眭孟……爲符節令，坐說災異誅。

這裏易書春秋三家都說「陰陽災異」。而見於別處的，齊詩說「五際」㊄，禮家說「明堂陰陽」㊅，也一道同風。這也是所謂「異科而皆同道」，不過是另一方面罷了。

「陰陽災異」是所謂天人之學；是陰陽家言，不是儒家言。漢儒推尊孔子，究竟不能不維持儒家面目，不能奉陰陽家爲正傳；所以一般立說，還只着眼在人事的政教上。前節所引儒林傳，易主卜筮，詩當諫書，禮習容儀，正是一般的政教作用。而書「長於事」。尚書大傳記子夏對孔子論書道：「書之論事也，昭昭若日月之代明，離離若參辰之錯行。上有堯舜之道，下有三王之義。」㊉這幾句話可以說明所謂書教。春秋「長於治人」。春秋繁露精華篇：「春秋之聽獄也，必本其事而原其志。志邪者不待成，首惡者罪特重，本直者其論輕。……聽訟折獄，可無審邪！」漢書三十藝文志有「公羊董仲舒治獄十六篇」。後漢書七十八應劭傳記着應劭的話：「董仲舒老病致仕，朝廷每有政議，數遣廷尉張湯親至陋巷問其得失。於是作春秋決獄二百三十二事，動以經對。」這就是春秋之教。這些是所謂六學；「異科而皆同道」所指的以這些爲主。就這六學而論，應用最廣的還得推詩。詩書傳習比禮易春秋早得多，上文已見。阮元輯詩書古訓六卷，羅列先秦兩漢著述中引用詩書的章節；續經解本分爲十卷，詩占七卷，書只有三卷。可見引詩的獨多。這有三個原故。漢書藝文志云，「凡三百五篇，遭秦而全者，以其諷誦，不獨在竹帛故也」。詩因諷誦而全，因諷誦而傳，更因諷誦而廣傳。周易也並無亡佚，漢書儒林傳敘云，「及秦禁學，易爲卜筮之書，獨不禁，故傳受者不絕」。可是易在漢代雖然成了顯學，流傳之廣到底不如詩。這就因爲詩一向是諷誦在人口上的。勞孝輿春秋詩話卷三論引詩道：

> 「春秋時」自朝會聘享以至事物細微，皆引詩以證其得失焉。大而公卿大夫，以至輿臺賤卒（？），所有論說，皆引詩以暢厥旨焉。……可以誦讀而稱引者，當時止有詩書。然傳之所引，易乃僅見，書則十之二三。若夫詩，則橫口之所出，觸目之所見，沛然決江河而出之者，皆其肺腑中物，夢寐間所呻吟也。豈非詩之爲教所以浸淫人之心志而厭飫之者，至深遠而無涯哉？

這裏所說的雖然不盡切合當日情形，但詩那樣的諷誦在人口上，確是事實。——除了無亡佚和諷誦兩層，詩語簡約，可以觸類引伸，斷章取義，便於引證，也幫助它的流傳。董仲舒說，「詩無達詁，易無達占，春秋無達辭」㈧；是就解經論，不就引文論。——王應麟以爲「詩無達詁」就是孟子的「不以文害辭，不以辭害志」㈨，是不錯的。——就引文論，像詩那樣富於彈性，可以說是獨一無二的。

* * *

㈠許沖上說文解字表「六藝羣書之詁」句下段玉裁注，見說文解字注十五下。

㈡雲南大學學報第一期。

㈢左傳僖公二十七年。

㈣同注一。

㈤漢書七十五翼奉傳載奉封事，有云，「易有陰陽，詩有五際，春秋有災異」。顏師古注引孟康曰，「詩內傳曰，『五際，卯酉午戌亥也。陰陽終始際會之歲，於此則有變改之政也。』」

㈥漢書藝文志有「明堂陰陽三十三篇」，「明堂陰陽說五篇」。

㈦藝文類聚六十四居處部引。

㈧春秋繁露精華篇。

㈨困學紀聞卷三。

（二）著述引詩

言語引詩，春秋時始見，左傳裏記載極多。私家著述從論語創始㈠；著述引詩，也就從論語起始。以後墨子和孟子也常引詩；而荀子引詩獨多。荀子引詩，常在一段議論之後，作證斷之用，也比前人一貫。荀子影響漢儒最大。漢儒著述裏引詩，也是學他的樣子；漢人的詩教，他該算是開山祖師。汪中述學荀卿子通論云：

荀卿之學，出於孔氏，而尤有功於諸經。經典敍錄，「毛詩，……一云，子夏傳曾申。……根牟子傳趙人孫卿子。孫卿子傳魯人大毛公。」由是言之，毛詩，荀卿子之傳也。漢書楚元王交傳，「少時嘗與魯穆生、白生、申公同受詩於浮邱伯。伯者，孫卿門人也。」……由是言之，魯詩，荀卿子之傳也。韓詩之存者外傳而已。其引荀卿子以說詩者四十有四。由是言之，韓詩，荀卿子之別子也。……蓋自七十子之徒既歿，漢諸儒未興，中更戰國暴秦之亂，六藝之傳賴以不絕者，荀卿也。

荀子其實是漢人六學的開山祖師。而四家詩除齊詩外都有他的傳授，可見他在詩學方面的影響更大。四家中毛詩流傳較晚；魯齊韓別稱三家詩。史記一二一儒林傳說「韓生推詩人之意而爲內外傳數萬言，其語頗與齊魯閒殊，然其歸一也」。齊詩雖然多採陰陽五行說，而「其歸」還在政教。毛詩因爲與經傳諸子密合，爲人所重，不用說更其如此。陳喬樅在韓詩遺說考序裏先引了史記儒林傳「其歸一也」的話，接着道：

> 今觀外傳之文，記夫子之緒論與春秋雜說，或引詩以證事，或引事以明詩，使「爲法者章顯，爲戒者著明」（鄭玄詩譜序語）。雖非專於解經之作，要其觸類引伸，斷章取義，皆有合於聖門商、賜言詩之義也。況夫微言大義往往而有，上推天人性理，明皆有仁義禮智順善之心，下究萬物情狀，多識於鳥獸草木之名，考風雅之正變，知王道之興衰，固天命性道之蘊而古今得失之林邪？

這段話除一二處外可以當作四家詩的總論看，也可以當作著述引詩的總論看，也可以當作漢人詩教的總論看。

漢人著述引詩，當推劉向爲最。他世習魯詩㊁。漢書三十六本傳云：

> 向睹俗彌奢淫，而趙衛之屬起微賤，踰禮制㊂；向以爲王教由內及外，自近者始。故採取詩書所載賢妃貞婦興國顯家可法則，及孼嬖亂亡者，序次爲列女傳凡八篇，以戒天子，及采傳記行事，著新序、說苑凡五十篇，奏之。

他這三部書多「引詩以證事，或引事以明詩」，而列女傳引詩更爲繁密。漢書本傳中存着他的封事、奏、疏五篇，一篇諫造陵，別篇都論災異。各篇屢屢引詩，繁密不下於列女傳。他的用意無非要「使爲法者章顯，爲戒者著明」。他家著述引詩，引伸或有廣狹，用意也都不外乎此。阮元詩書古訓序云：

> 詩三百篇，尙書數十篇，孔孟以此爲學，以此爲教。故一言一行皆深奉不疑。即如孔子作孝經，子思作中庸，孟子作七篇，多引詩書以爲證據。若曰，世人亦知此事之義乎？詩曰某某即此也。否則尙恐自說有偏弊，不足以訓於人。……元錄詩書古訓……乃總論語、孝經、孟子、禮記、大戴記、春秋三傳、國語、爾雅十經。……降至國策，罕引詩書。……漢興，……詩書復出，朝野誦習，人心反正矣。子史引詩書者，多存古訓。……以晉爲斷。蓋因漢晉以前，尙未以二氏爲訓，所說皆在政治言行，不尙空言也㊃。

所謂「以此爲學，以此爲教，故一言一行皆深奉不疑」，以及「多引詩書以爲證據」，正可見出段玉裁說的詩書是周人所常習。「所說皆在政治言行」是徵引詩書的用意所在，也就是詩書之教。詩書之教，渾言之「異科而皆同道」，析言之又各有分別。現在單論漢人引詩，以著述爲主，略爲歸類，看看所謂詩教的背景是甚麼樣子。

阮元只概括的舉出「政治言行」，我們看著述引詩要算宣揚德教的爲最多。德教屬於言行，可也包括在廣義的政治裏。如韓詩外傳五云：

> 德也者，包天地之大，配日月之明，立乎四時之周，臨乎陰陽之交，寒暑不能動也，四時不能化也。斂乎太陰而不濕，散乎太陽而不枯，鮮潔清明而備，嚴威毅疾而神，至精而妙乎天地之間者，德也。微聖人，其孰能與於此矣！詩曰：「德輶如毛，民鮮克舉之。」（大雅烝民）

這是陳喬樅所謂微言大義，也是引詩斷案。又如列女傳三魯漆室女傳云：

> 漆室女曰，「夫魯國有患者，君臣父子皆被其辱，禍及衆庶。婦人獨安所避乎！吾甚憂之。」……君子曰：遠矣漆室女之思也。詩云，「知我者謂我心憂，不知我者謂我何求」（王風黍離），此之謂也。

這裏讚嘆漆室女憂國的美德，是「引詩以證事」。又同書四衛宣夫人傳云：

> 弟立，請曰，「衛，小國也，不容二庖，請願同庖。」終不聽。衛君使人愬於齊兄弟。齊兄

弟皆欲與君，使人告女。女終不聽，乃作詩曰：「我心匪石，不可轉也。我心匪席，不可卷也。」（邶風柏舟）

這裏說邶風柏舟是「貞一」的衛宣夫人所作，是「引事以明詩」。次於德教的是論政治的引詩。如春秋繁露十六山川頌云：

且積土成山，無損也成其高，無害也成其大，無虧也小其上，泰其下。久長安後世，無有去就，儼然獨處，惟山之意。詩云：「節彼南山，惟石巖巖。赫赫師尹，民具爾瞻。」（小雅節南山），此之謂也。

這是以山象徵領袖的氣象。又如新書禮篇云：

故禮者，所以恤下也。……詩曰：「投我以木瓜，報之以瓊琚。匪報也，永以爲好也。」（衛風木瓜）上少投之，則下以軀償矣。弗敢謂報，願長以爲好；古之蓄其下者，其施報如此。

這是論待臣下的道理，所謂觸類引伸。又如漢書六武帝紀元狩元年詔云：

蓋君者，心也，民猶肢體。支體傷則心憯怛。日者淮南、衡山脩文學，流貨賂，兩國接壤，怵於邪說而造篡弒。此朕之不德。詩云：「憂心慘慘，念國之爲虐。」（小雅正月）已赦天下，滌除與之更始。

詔書引詩自責，漢代用詩之廣可見。又後漢書八十七劉陶傳，陶上議云：

臣嘗誦詩至於鴻鴈于野之勞，哀勤百堵之事（小雅鴻鴈，「之子于征，劬勞于野」，「之子于垣，百堵皆作」），每喟爾長懷，中篇　歎。近聽征夫飢勞之聲，甚於斯歌。

悼古傷今，藹然仁者之言，可作「温柔敦厚」的一條注腳。

引詩論學養的也不少。如禮記大學云：

詩云：「瞻彼淇澳，菉竹猗猗。有斐君子，如切如磋，如琢如磨。瑟兮僩兮！赫兮喧兮！有斐君子，終不可諼兮！」（衞風淇澳）「如切如磋」者，道學也。「如琢如磨」者，自脩也。「瑟兮僩兮」者，恂慄也。「赫兮喧兮」者，威儀也。「有斐君子，終不可諼兮」者，道盛德至善，民之不能忘也。

切磋琢磨久已成爲進德脩業的格言，也可見詩教的廣遠了。又如韓詩外傳三云：

問者曰：「夫仁者何以樂於山也？」曰：「夫山者，萬民之所瞻仰也。草木生焉，萬物植焉，飛鳥集焉，走獸休焉，四方益取與焉。出雲道風，嵸乎天地之間。天地以成，國家以寧。此仁者所以樂於山也。詩曰：『太山巖巖，魯邦所瞻』（魯頌閟宮），樂山之謂也。」

「仁者樂山」原是孔子的話（論語雍也），這裏是斷章取義，以見仁者的脩養，的氣度。引詩也是斷章取義的作證。這一節可以跟前面引的山川頌比較着看。又韓詩外傳二云：

上之人所遇，色爲先，聲音次之，事行爲後。故望而宜爲人君者，容也。近而可信者，色也。發而安中者，言也。久而可親者，行也。故君子容色，天下儀象而望之，不假言而知爲人君者。詩曰：「顏如渥丹，其君也哉！」（秦風終南）

容色也是學養的表現。孟子道，「仁義禮智根於心；其生色也，睟然見於面，盎於背，施於四體」（盡心上），正是這個意思。德教、政治、學養都屬於人事；與人事相對的是天道。論天道的也常引詩。如禮記中庸云：

詩曰，「德輶如毛」（大雅烝民），毛猶有倫；「上天之載，無聲無臭」（大雅文王），至矣！

這正是論語上孔子說的「天何言哉！四時行焉，百物生焉。天何言哉！」（陽貨）又如春秋繁露堯舜不擅移湯武不專殺篇云：

且天之生民，非爲王也，而天立王以爲民也。故其德足以安樂民者，天予之；其惡足以賊害民者，天奪之。詩云：「殷士膚敏，祼將于京，侯服于周。天命靡常！」（大雅文王）言天之無常予無常奪也。

「天命靡常」在陰陽家五德終始說的解釋下，成爲漢代一般的信仰。這裏卻沒有提到五德說，只簡截的引詩爲證。又，漢人常談的災異也屬於天道。同書必仁且智篇云：

天地之物有不常之變者謂之異，小者謂之災。災常先至而異乃隨之。災者，天之譴也；異者，天之威也。譴之而不知，乃畏之以威。詩云，「畏天之威」（周頌我將），殆此謂也。

這一節可以作「災異」的界說看。漢書九元帝紀，永光四年六月「戊寅晦，日有蝕之」，詔云：

今朕晻于王道，夙夜憂勞，不通其理，靡瞻不眩，靡聽不惑。是以政令多還，民心未得。……公卿大夫，好惡不同，或緣姦作邪，侵削細民。元元安所歸命哉！迺六月晦日有蝕之。詩不云虖？「今此下民，亦孔之哀！」（小雅十月之交）

十月之交正是紀日食之異的詩，所以詔書中引詩語，見得民生可哀，天變可畏；是罪己並責勉公卿大夫的意思。

此外有引詩以述史事、明制度、記風俗的。如漢書七十三韋玄成傳，太僕王舜、中壘校尉劉歆議「宗廟」曰：

臣聞周室既衰，四夷並侵，獫狁最彊——於今匈奴是也。至宣王而伐之。詩人美而頌之曰，「薄伐獫狁，至于太原」（小雅六月）。又曰，「嘽嘽推推，如霆如雷，顯允方叔。征伐獫狁。荊蠻來威。」（小雅采芑）故稱中興。……孝武皇帝……遣大將軍、驃騎、伏波、樓船之屬南滅百粵，……北攘匈奴，降昆邪十萬之衆。……東伐朝鮮，……斷匈奴之左臂。西伐大宛，……裂匈奴之右臂。……中興之功未有高焉者也。……

這裏引詩述史，頌美武帝的中興。又如韓詩外傳八云：

……於是黃帝乃服黃衣，戴黃冕，致齋于宮。鳳乃蔽日而至。黃帝降於東階，西面，再拜稽首曰：「皇天降祉，不敢不承命！」鳳乃止帝東囿（原作「國」，據說苑辨物篇校改），集帝梧桐，食帝竹實，沒身不去。詩曰：「鳳凰于飛，翽翽其羽，亦集爰止」（大雅卷阿）。

這是神話，可是在古人眼裏也是史。這不是引詩述史而是引詩證史。又如蔡邕獨斷下云：

宗廟之制，古學以爲人君之居前有朝，後有寢；終則前制廟以象朝，後制寢以象寢。廟以藏主，列昭穆；寢有衣冠几杖象生之具。總謂之宮。月令曰，「先薦寢廟」，詩云，「公侯之宮」（召南采蘩），頌曰，「寢廟奕奕」（魯頌閟宮；毛詩作新廟，蔡當據魯詩），言相連也。

這是引詩以證宮的制度。又如春秋繁露郊祀篇云：

爲人子而不事父者，天下莫能以爲可。今爲天之子而不事天，何以異是？是故天子每至歲首，必先郊祭以享天，乃敢爲地，行子禮也。每將興師，必先郊祭以告天，乃敢征伐，行子之道也。文王受天命而王天下，先郊乃敢行事而興師伐崇。其詩曰：「芃芃棫樸，薪之槱之。濟濟辟王，左右趨之。濟濟辟王，左右奉璋。奉璋峩峩，髦士攸宜。」（大雅棫樸）此郊辭也。其下曰：「淠彼涇舟，烝徒檝之。周王于邁，六師及之。」（同上）此伐辭也。

這裏引詩以明郊的制度。又如漢書二十八地理志云：

> 天水、隴西山多林木，民以板爲室屋。及安定、北地、上郡、西河皆迫近戎狄，脩習戰備，高上氣力，以射獵爲先。故秦詩曰，「在其板屋」（小戎），又曰，「王于興師，脩我甲兵，與子偕行」（無衣）。及車轔、四載、小戎之篇，皆言車馬田狩之事。

這是記風俗的引詩。

還有引詩以明天文地理的。又有用詩作隱語的。而詩篇入樂的意義，著述中也常論及。如漢書二十六天文志云：

> 西方爲雨，雨，少陰之位也。月失中道，移而西，入畢，則多雨。故詩云，「月離于畢，俾滂沱矣」（小雅漸漸之石），言多雨也。

這兩句詩裏的天文學早就反映在孔子的故事裏。史記六十七仲尼弟子列傳云：

> 他日，弟子進問「有若」曰：「昔夫子當行，使弟子持雨具。已而果雨。弟子問曰，『夫子何以知之？』夫子曰，『詩不云乎？「月離于畢，俾滂沱矣」。昨暮月不宿畢乎？』」……

故事未必眞，卻可見勞孝輿說的「事物細微，皆引詩以證其得失」（見前）那句話確有道理。又如漢書地理志云：

魏國亦姬姓也，在晉之南河曲。故其詩曰，「彼汾一曲」（汾沮洳），「寘之河之側」（伐檀）。

這裏引詩以明魏國的地理。至於用詩爲隱語，春秋時就有了㊄，直到漢末還存着這個風氣。後漢書八十三徐穉傳云：

……及林宗有母憂，穉往弔之，置生芻一束於廬前而去。衆怪不知其故。林宗曰，「此必南州高士徐孺子也。詩不云乎？『生芻一束，其人如玉』（小雅白駒）。吾無德以堪之。」

這是無語的隱語，所以「衆怪不知其故」。又，解釋入樂詩篇的意義的，如禮記射義云：

其節：天子以騶虞爲節，諸侯以貍首爲節，卿大夫以采蘋爲節，士以采蘩爲節。騶虞者，樂官備也。貍首也，樂會時也。采蘋者，樂循法也。采蘩者，樂不失職也。

這中間貍首篇是逸詩。

漢人著述引詩之多，用詩之廣，由以上各項可見。無論大端細節，他們都愛引詩，或斷或證——這自然非諷誦爛熟不可。陳喬樅所謂「上推天人性理」，「下究萬物情狀」，以至「古今得失之林」，總而言之，就是包羅萬有。春秋以後，要數漢代能夠盡詩之用。

春秋用詩，還只限於典禮、諷諫、賦詩、言語(六)；漢代典禮別製樂歌，賦詩也早已不行，可是著述用詩，範圍之廣，卻超過春秋時。孔子道：

> 小子何莫學夫詩？詩可以興，可以觀，可以羣，可以怨。邇之事父，遠之事君。多識於鳥獸草木之名。（論語陽貨）

這是詩教的意念的源頭。孔子的時代正是詩以聲爲用到詩以義爲用的過渡期，他只能提示詩教這意念的條件。到了漢代，這意念纔形成，纔充分的發展。不過無論怎樣發展，這意念的核心只是德教、政治、學養幾方面——阮元所謂政治言行——，也就是孔子所謂興、觀、羣、怨。「溫柔敦厚」一語便從這裏提鍊出來。論語中孔子論詩、禮、樂甚詳，而且說

> 興於詩，立於禮，成於樂（泰伯），

好像看作三位一體似的。因此經解裏所記孔子論詩教、樂教、禮教的話，便覺比較親切而有所依據，跟其他三科幾乎全出於依託的不同。漢代詩和禮樂雖然早已分了家，可是所謂「溫柔敦厚」，還得將詩禮樂合看纔能明白。韓詩外傳八有一個詩的故事：

> 「魏」文侯曰，「中山之君亦何好乎？」「蒼唐」對曰，「好詩。」文侯曰，「於詩何好？」

曰，「好黍離與晨風。」文侯曰，「黍離何哉？」對曰：「彼黍離離，彼稷之苗。行邁靡靡，中心搖搖。知我者謂我心憂，不知我者謂我何求。悠悠蒼天，此何人哉！」文侯曰，「怨乎？」⑦曰，「非敢怨也，時思也。」文侯曰，「晨風謂何？」對曰，「『鴥彼晨風，鬱彼北林，未見君子，憂心欽欽。如何如何！忘我實多！』——此自以『忘我』者也。」（原無末七字。許維遹先生據文選四子講德論注與御覽七七九補。）於是文侯大悅，……遂廢太子訢，召中山君以爲嗣。

這是一個很著名的故事，西漢王褒作四子講德論，已經引用⑧。宋王應麟困學紀聞三列舉「興於詩」的事例，第一件便是「子擊（中山君名擊）好晨風、黍離而慈父感悟」。其次是周磐。後漢書六十九本傳云：

居貧養母，儉薄不充。嘗誦詩至汝墳之卒章，慨然而歎。乃解韋帶就孝廉之舉。

召南汝墳末章道：「魴魚赬尾，王室如燬。雖則如燬，父母孔邇。」章懷太子後漢書注引韓詩薛君章句，「以父母甚迫近飢寒之憂，爲此祿仕」。周磐是「興於詩」「而爲親從仕」（紀聞語）的。後世因讀誦而興的例子還有些，多半也是「興於詩」；而以孝思爲本⑨。這些都是實踐的溫柔敦厚的詩教。可是探源立論，事親事君都是禮的節目，而禮樂是互相爲用的，是相反相成的；所以要了解詩教的意義，究竟不能離開樂教和禮教。

(一)近人多以爲老子書在孔子後，可信。
(二)見陳喬樅魯詩遺說考序。
(三)顏師古注，「趙皇后、昭儀、衛婕妤也」。
(四)揅經室續集卷一。
(五)顧頡剛先生詩經在春秋戰國間的地位一文中說，「最奇怪的用詩，是把詩句當歇後語或猜謎一樣看待」。他舉國語魯語下叔孫穆子說的「豹之業及匏有苦葉矣」和左傳定公十年駟赤說的「臣之業在揚水卒章之四言矣」爲例（古史辨三下三四〇至三四一面）。
(六)見詩經在春秋戰國間的地位文中，古史辨三下，三二二面。
(七)皮錫瑞詩經通論論詩教溫柔敦厚在婉曲不直言條夾注云：「韓詩以黍離爲伯奇之弟伯封作，言孝子之事，故能感悟慈父。與毛詩以爲閔周者不同。」
(八)句云，「太子擊誦晨風，文侯諭其旨意」。
(九)見太平御覽六一六。

(三) 溫柔敦厚

經解篇孔穎達正義釋「溫柔敦厚」句云：

溫謂顏色溫潤，柔謂情性和柔。詩依違諷諫，不指切事情，故云溫柔敦厚是詩敎也。

又釋「詩之失愚」云，

詩主敦厚。若不節之，則失在愚。

又釋「溫柔敦厚而不愚」句云，

此一經以詩化民，雖用敦厚，能以義節之；欲使民雖敦厚，不至于愚。則是在上深達於詩之義理，能以詩敎民也。故云「深於詩者也」。

更重要的是正義裏下面一番話：

然詩爲樂章，詩樂是一，而敎別者：若以聲音干戚以敎人，是樂敎也。若以詩辭美刺諷諭以敎人，是詩敎也。此爲政以敎民，故有六經。……此六經者，惟論人君施化，能以此敎民，民得從之；未能行之至極也。若盛明之君爲民之父母者，則能恩惠下及於民。則詩有好惡之情，禮有政治之體，樂有諧和性情，皆能與民至極，民同上情。故孔子閒居云：「志之所至，詩亦至焉。詩之所至，禮亦至焉。禮之所至，樂亦至焉。」是也。其書、易、春秋，非是與民相感恩情至極者，故孔子閒居無書、易及春秋也。

這裏將所謂六經分爲二科，而以詩、禮、樂爲「與民相感恩情至極者」；詩、禮、樂三位一體，合於論語裏孔子的話。而所謂「以詩化民」，所謂「在上深達於詩之義理，能以詩教民」，是概括詩大序的意思，詩大序又是孔子論「學詩」那一節話的引伸和發展。所謂「以義節之」，就是詩大序說的「發乎情，止乎禮義」，也就是儒家說的「不偏之謂中」（禮記中庸）。詩教究竟以意義爲主，所以說「以詩辭美刺諷諭以教人」；美刺諷諭不離乎政治，所謂「詩依違諷諫，不指切事情」，就指美刺諷諭而言。

孔子時代，詩與樂開始在分家。從前是詩以聲爲用；孔子論詩纔偏重在詩義上去。到了孟子，詩與樂已完全分了家，他論詩便簡直以義爲用了。從荀子起直到漢人的引詩，也都繼承這個傳統，以義爲用。上文所分析的漢代各例，可以見出。但「詩爲樂章，詩樂是一」是個古久的傳統，就是在詩樂分家以後，也還有很大的影響。論樂的不會忘記詩。禮記樂記云：

> 德者，性之端也。樂者，德之華也。金石絲竹，樂之器也。詩言其志也，歌詠其聲也，舞動其容也。三者本於心，然後樂氣（阮刻本原作「器」，據校勘記改）從之。

詩與歌舞合一。又云，「樂師辨乎聲詩」。又云，「然後正六律，和五聲，弦歌詩頌，此之謂德音。德音謂之樂。」都說的「詩樂是一」。論詩的也不能忘記樂。詩大序云：

> 情動於中而形於言。言之不足，故嗟歎之。嗟歎之不足，故永歌之。永歌之不足，不知手之

> 舞之、足之蹈之也。情發於聲，聲成文謂之音。治世之音安以樂，其政和。亂世之音怨以怒，其政乖。亡國之音哀以思，其民困。

前七語歷來論詩的不知引過若干次。但這一整段話也散見在樂記裏，其實都是論樂的。而詩教更不能離樂而談。一來聲音感人比文辭廣博得多，若只着眼在「詩辭美刺諷諭」上，詩教就未免狹窄了。二來以聲爲用的詩的傳統——也就是樂的傳統——比以義爲用的詩的傳統古久得多，影響大得多，詩教若只着眼在意義上，就未免單薄了。所以「溫柔敦厚」該是個多義語；一面指「詩辭美刺諷諭」的作用，一面還映帶着那「詩樂是一」的背景。這只要看看樂之所以爲教，就可明白。經解以「廣博易良」爲樂教。正義云，「樂以和通爲體，無所不用，是廣博；簡易良善，使人從化，是易良。」樂記闡發樂教最詳。記云：

> 樂也者，聖人之所樂也，而可以善民心，其感人深，其移風易俗。故先王著其教焉。

「樂以和通爲體」，所以說，「樂者，天地之和也」，「異文合愛者也」。又說，「仁近於樂」，「樂者敦和」。又說，「立之學等，廣其節奏，省其文采，以繩德厚」。又說，「樂者，天地之命，中和之紀，人情之所不能免也」。從消極方面看，「樂至則無怨」，「暴民不作，諸侯賓服，兵革不試，五刑不用，百姓無患，天子不怒，如此則樂達矣」。「中和之紀」的「中」是「適」的意思。呂氏春秋適音篇云：

> 夫音亦有適。……太鉅太小，太清太濁，皆非適也。何謂適？衷，音之適也。何謂衷？小（原作「大」，據許維遹先生呂氏春秋集釋引陶鴻慶說改）不出鈞，重不過石，小大輕重之衷也。

「衷」「中」通用。「適」又有「節」的意思。同書重己篇「故聖人必先適欲」高誘注，「適猶節也」。又荀子勸學篇道，「詩者，中聲之所止也」（王先謙荀子集解云，「此不言樂，以詩樂相兼也」），所謂「中聲」當兼具這兩層意思。楊倞注，「詩謂樂章，所以節聲音，至乎中而止，不使流淫也」，大致不錯。以上所引樂記和荀子的話，都可作「溫柔敦厚」的注腳，是樂教，也未嘗不是詩教。

禮樂是不能分開獨立的。雖然樂記裏說，「樂者爲同，禮者爲異；同則相親，異則相敬。」又說，「禮節民心，樂和民聲。」又說，「樂者，天地之和也；禮者，天地之序也。」好像禮樂的作用是相反的。可是說「禮樂之情同」，正義云，「致治是同」。又云：

> 是故先王之制禮樂也，非以極口腹耳目之欲也，將以教民平好惡而反人道之正也。

所以說「知樂則幾於禮矣」。「平好惡」是「和」也是「節」；二者是相反相成的。論語，有子曰：

> 禮之用，和為貴。……知和而和，不以禮節之，亦不可行也（學而）。

禮也以和為貴，可見「和」與「節」是一事的兩面，所求的是「平」，也就是「適」，是「中」。孔子論關雎「樂而不淫，哀而不傷」（論語八佾）。何晏集解引孔安國云，「樂不至淫，哀不至傷，言其和也」。是「和」，同時是「節」。又，管子內業篇云：

> 凡人之生也，必以平正；所以失之，必以喜怒憂患。是故止怒莫若詩，去憂莫若樂，節樂莫若禮，守禮莫若敬，守敬莫若靜。

詩與禮樂並論；說「敬」，說「節」，說「平正」，也都可以跟樂記印證。而「止怒莫若詩」一語，更得溫柔敦厚之旨。經解以「恭儉莊敬」為禮教，正義云，「禮以恭遜、節儉、齊(齋)莊、敬慎為本」。恭儉是「節」，莊敬是「敬」；從另一角度看，也是一事的兩面。所謂「詩依違諷諫，不指切事情」，正是「敬」與「節」的表現。古代有獻詩諷諫的傳統——漢代王式還以三百五篇當諫書，周語上邵公諫厲王說：「天子聽政，使公卿至於列士獻詩，……而後王斟酌焉，是以事行而不悖。」晉語六范文子也向趙文子說到古之王者「使工誦諫於朝，在列者獻詩，使勿兜(惑也)」。白虎通諫諍篇云：

諫有五：其一曰諷諫，二曰順諫，三曰闚諫，四曰指諫，五曰陷諫。諷諫者，……知禍患之萌，深睹其事未彰而諷告焉。……順諫者，……出詞遜順，不逆君心。……闚諫者，……視君顏色不悅，且卻；悅則復前，以禮進退。……指諫者，……指者，質也，質相其事而諫。……陷諫者，……惻隱發於中，直言國之害，勵志忘生，爲君不避喪身。……孔子曰，「諫有五，吾從諷之諫」。事君……去而不訕，諫而不露。故曲禮曰，「爲人臣不顯諫」。

這裏前三種是婉言一類，後二種是直言一類；婉言占五之三，可見諫諍當以此種爲貴。而文中引孔子的話，獨推「諷諫」，並以「諫而不露」和曲禮「不顯諫」等語申述意旨。文選甘泉賦李善注，「不敢正言謂之諷」㈠，大概諷諫更爲婉曲。詩大序云，「下以風刺上，主文而譎諫；言之者無罪，聞之者足以戒」。鄭玄箋，「風刺」「謂譬喻不斥言」，「譎諫，詠歌依違不直諫」。「主文」當指文辭㈡，就是所謂「詩辭美刺諷諭」。諷諫似乎就是「譎諫」，似乎就指獻詩諷諫而言。諷諫用詩，自然是最婉曲了。諫諍是君臣之事，屬於禮；獻詩主「溫柔敦厚」，正是禮教，也是詩教。

「溫柔敦厚」是「和」，是「親」，也是「節」，是「敬」，也是「適」，是「中」。這代表殷周以來的傳統思想。儒家重中道，就是繼承這種傳統思想。郭沫若先生周彝銘中之傳統思想考（金文叢考一）論政治思想云：

人臣當恪遵君上之命，君上以此命臣，臣亦以此自矢於其君。……爲政尚武，……征伐以威四夷，刑罰以威內，爲之太過則人民鋌而走險，故亦以暴虐爲戒，以率過庶民　魚肉鰥寡爲戒，而勵用中道。

又論道德思想云：

德字始見於周文，於文以「省心」爲德。故明德在乎明心。明心之道欲其謙沖，欲其荏染，欲其虔敬，欲其果毅，此得之於內者也。其得之於外，則在崇祀鬼神，帥型祖德，敦篤孝友，敬愼將事，而益之以無逸。

所說的君臣之分，「中道」，以及「謙沖」，「荏染」，「敦篤孝友，敬愼將事」等，「溫柔敦厚」一語的涵義裏都有。周人文化，繼承殷人；這種種思想眞是源遠流長了。而「中」尤其是主要的意念。「溫柔敦厚」本已得「中」；可是說這話的（不會是孔子）還怕人「以辭害志」，所以更進一層說「詩之失愚」，必得「溫柔敦厚而不愚」纔算「深於詩」。所謂「愚」就是過中。孟子告子下云：

公孫丑問曰：「高子曰，小弁，小人之詩也。」孟子曰，「何以言之？」曰，「怨。」曰，「固哉高叟之爲詩也！有人於此，越人關弓而射之，則己談笑而道之。無他，疏之也。其兄關弓而射之，則己垂涕泣而道之。無他，戚之也。小弁之怨，親親也；親親，仁也。固矣夫高叟之爲詩也！」曰，「凱風何以不怨？」曰，「凱風，親之過小者也；小弁，親之過大者也。親之過大而不怨，是愈疏也；親之過小而怨，是不可磯（趙岐注，激也）也。愈疏，不孝也；不可磯，亦不孝也。」

高子因小弁詩（小雅）怨親，便以爲是小人之詩；公孫丑並舉出凱風詩（邶風）的不怨親作反證。孟子說，詩也可以怨親，只要怨得其中。他解釋怎樣小弁篇的怨是得中，凱風篇的不怨也是得中；而得中是仁，也是孝。高子以爲凡是怨親都不得中，他的看法未免太死了；他那種看法就是過中。孟子評他爲「固」，「固」就是「詩之失愚」的「愚」。像孟子的論詩，纔是「溫柔敦厚而不愚」，纔是「深於詩」。——論詩如此，「爲人」也如此；所謂愚忠、愚孝，都是過中，過中就「失之愚」了。

有過中自然有不及中。但不及可以求其及，不像過了的往回拉的難，所以經解篇的六失都只說過中。一般立論卻常着眼在不及中，因爲不及中的多。就詩教看，更顯然如此。高子以小弁篇爲小人之詩，就是說它不及中，不過他錯了。漢代關於屈原離騷經的爭辯，也是討論離騷經是否不及中，或不夠溫柔敦厚。史記八十四屈原賈生列傳云：

屈平正道直行，竭忠盡智以事其君，讒人間之，可謂窮矣。信而見疑，忠而被謗，能無怨乎？屈平之作離騷，蓋自怨生也。

又引淮南王安敍離騷傳云㊂：

> 國風好色而不淫，小雅怨誹而不亂。若離騷者，可謂兼之矣。……其文約，其辭微，其志潔，其行廉。其稱文小而其指極大，舉類邇而見義遠。……濯淖汙泥之中，蟬蛻於濁穢，以浮游塵埃之外，不獲世之滋垢，皭然泥而不滓者也。推此志也，雖與日月爭光可也。

劉安以詩義論離騷，所謂「好色而不淫」「怨誹而不亂」都是得其中；所以雖「自怨生」，還不失爲溫柔敦厚。但班固以爲不然。他作離騷序，引劉氏語，以爲「斯論似過其眞」，又云：

> 且君子道窮，命矣。故潛龍不見是而無悶，關雎哀周道而不傷，蘧瑗持可懷之智，甯武保如愚之性，咸以全命避害，不受世患。故大雅曰：「既明且哲，以保其身」（烝民），斯爲貴矣。今若屈原，露才揚己，競乎危國羣小之間，以離讒賊。然責數懷王，怨惡椒、蘭，愁神苦思，强非其人，忿懟不容，沈江而死，亦貶絜（潔）狂狷景行之士。多稱崑崙、冥婚、宓妃、虛無之語，皆非法度之政（正），經義所載。謂之兼詩風雅而與日月爭光，過矣。……雖非明智之器，可謂妙才者也。

這裏說屈子爲人和他的文辭中的怨責譬諭都不及中；總之，「露才揚己」，不夠溫柔敦厚。後來王逸作楚辭章句，敍中指出屈子「獨依詩人之義而作離騷，上以諷諫，下以自慰」。又駁班氏云：

> 今若屈原，膺忠貞之質，體淸潔之性，直若砥矢，言若丹靑，進不隱其謀，退不顧其命。此誠絕世之行，俊彥之英也。而班固云云。昔伯夷、叔齊讓國守分，不食周粟，遂餓而死。豈可復謂有求於世而怨望哉？且詩人怨主刺上，曰：「嗚呼！小子，未知臧否，……匪面命之，言提其耳。」（大雅抑）風諫之語，於斯爲切。然仲尼論之，以爲大雅。引此比彼，屈原之詞，優游婉順，寧以其君不智之故，欲提其耳乎？而論者以爲「露才揚己」，怨刺其上，强非其人，殆失厥中矣。

又說「離騷之文依託五經以立義焉，……誠博遠矣」，也是駁班氏的。王氏似乎也覺得屈原爲人並非「中行」之士，但不以爲不及中而以爲「絕世」——「絕世」該是超中。至於屈原的文辭，王氏卻以爲「優游婉順」，合於「詩人之義」——「優游婉順」就是溫柔敦厚。屈子的「絕世之行」在乎自沈；自沈確是不合乎中——說是超中，倒未嘗不可。戰國文辭，鋪排而有圭角；他受了時代的影響，「體慢」語切㈣，不能像詩那樣「不指切事情」也是有的。可是史記裏說得好：

> 屈平……雖放流，睠顧楚國，繫心懷王，不忘欲反，冀幸君之一悟，俗之一改也。其存君興

國而欲反覆之，一篇之中，三致志焉。然終無可奈何。

又以人窮呼天，疾病呼父母喻他的怨。他這怨只是一往的忠愛之忱，該夠溫柔敦厚的。至於他「引類譬喻」，雖非「經義所載」，而「依詩取興」㊄，異曲同工，並不悖乎詩教。班氏也承認「後世莫不……則象其從容」㊅；這從容的氣象便是溫柔敦厚的表現，不僅是「妙才」所能有。那麼，「露才揚己」確是「失中」之語，而淮南王所論並不為「過其眞」了。

漢以後時移世異，又書籍漸多，學者不必專讀經，經學便衰了下來。諷誦詩的少了，引詩的自然也就少了。樂府詩雖然代三百篇而興，可是應用不廣，不能取得三百篇的權威的地位；建安以來，五言詩漸有作者，他們更沒有涵蓋一切的力量。著述裏自然不會引用這些詩。詩教的傳統因而大減聲勢。不過漢末直到初唐的詩雖然多「緣情」而少「言志」㊆，而「優游不迫」㊇，還不失為溫柔敦厚；這傳統還算在相當的背景裏生活着。盛唐開始了詩的散文化，到宋代而大盛；以詩說理，成為風氣。於是有人出來一面攻擊當代的散文化的詩，一面提倡風人之詩。這種意見北宋就有，而南宋中葉最盛㊈。這是在重振那溫柔敦厚的詩教。一方面道學家也論到了詩教。道學家主張「文以載道」，自然也主張「詩以言志」。當時詩教既經下衰，詩又在散文化，單說「溫柔敦厚」已經不足以啓發人，所以他們更進一步，以論語所記孔子論詩的「思無邪」一語為教；他們所重在道不在詩。北宋程子、謝良佐論詩，便已特地拈出這一語⑩，但到了南宋初，呂祖謙的呂氏家塾讀詩記裏纔更強調主張，他成為這一說的重要的代表。他以為「作詩之人所思皆無邪」⑪，以為「詩人以無邪之思作之，學者亦以無邪之思觀之，閔惜懲創之意自見於言外」⑫。朱子卻覺得如此論詩牽強過甚，以為不如說「彼雖以有邪之思作之，而我以無邪之思讀之，則彼之自狀其醜者，乃所以為吾警懼懲創之資」。又道，「曲為訓說而求其無邪於彼，不若反而得之於我之易也。巧為辨駁而歸其無邪於彼，不若反而責之於我之切也。」⑬這便圓融得多了。

朱子可似乎是第一個人，明白的以「思無邪」為詩教。在呂氏詩記的序裏，他雖然還是說「溫柔敦厚之教」，但在詩集傳的序裏論「詩之所以為教」，便只發揮「思無邪」一語。他道：

> 詩者，人心之感物而形於言之餘也。心之所感有邪正，故言之所形有是非。惟聖人在上，則其所感者無不正，而其言皆足以為教。其或感之之雜，而所發不能無可擇者，則上之人必思所以

> 自反，而因有以勸懲之。是亦所以爲教也。
>
> 昔周盛時，上自郊廟朝廷而下達於鄉黨閭巷，其言粹然，無不出於正者。聖人固已協之聲律而用之鄉人，用之邦國，以化天下。至於列國之詩，則天子巡守，亦必陳而觀之，以行黜陟之典。降至昭、穆而後，寖以陵夷；至於東遷而遂廢不講矣。孔子生於其時，既不得位，無以行帝王勸懲黜陟之政。於是特舉其籍而討論之，去其重複，正其紛亂。而其善之不足以爲法，惡之不足以爲戒者，則亦刊而去之，以從簡約，示久遠。使夫學者即是而有以考其得失，善者師之而惡者改焉。是以其政雖不足行於一時，而其教實被於萬世。是則詩之所以爲教者然也。

這是以「思無邪」爲詩教的正式宣言。文中以正邪善惡爲準，是着眼在「爲人」上。我們覺得以「思無邪」論詩，眞出於孔子之口，自然比「温柔敦厚」一語更有分量；但當時去此取彼，卻由於道學眼。其實這兩句話一正一負，足以相成，所謂「合之則兩美」。道學眼也無妨，只要有一隻眼看在詩上。文中從學者方面說到「考其得失，善者師之而惡者改焉」，闡明詩是怎樣教人。又從作詩方面說到所感有純有雜，純者固足以爲教，雜者可使上之人「思所以自反，而因有以勸懲之」，也足以爲教。這都足以補充温柔敦厚說之所不及。原來不論「温柔敦厚」也罷，「無邪」也罷，總有那些不及中的。前引孔穎達說人君以六經教民，「能與民至極」者少，「未能行之至極」者多，可是都算行了六藝之教。那是說「教」雖有參差，而爲教則一——詩教自然也如此。朱子卻是說，「詩」雖有參差，而爲教則一。經過這樣補充和解釋，詩教的理論便圓成了。但是那時代的詩儘向所謂「沈着痛快」一路發展。一方面因爲散文的進步，「文筆」「詩筆」的分別轉成「詩文」的分別，選本也漸漸詩文分家，不再將詩列在「文」的名下，像文選以來那樣。詩不是從前的詩了，教也不及從前那樣廣了；「溫柔敦厚」也好，「無邪」也好，詩教只算是僅僅存在着罷了。這時代卻有用「溫柔敦厚」論文的，如楊時龜山集十語錄云：

> 爲文要有溫柔敦厚之氣；對人主語言及章疏文字，溫柔敦厚尤不可無。……君子之所養，要令暴慢衺僻之氣不設於身體。

這簡直將詩教整套搬去了，雖然他還是將詩包括在「文」裏。這時代在散文的長足的發展下，北宋以來的「文以載道」說漸漸發生了廣大的影響，可以說成功了「文教」——雖然並沒有用這個名字。於是乎六經都成了「載道」之文——這裏所謂「文」包括詩——；於是乎「文以載道」說不但代替了詩教，而且代替了六藝之教。

* * *

㈠「奏甘泉賦以風」句下，引毛詩序「下以風刺上」，云，「音諷，不敢正言謂之諷」。

㈡鄭箋，「主文，主與樂之宮商相應也」，似乎不確切。朱子解爲「主於文辭而託之以諫」（見呂氏家塾讀詩記卷三），今依朱說。

㈢史記並未說明出處，這裏根據班固離騷序，洪興祖楚辭補注引。

㈣文心雕龍辨騷篇論楚辭云，「體慢於三代」。

㈤以上三語都見王逸離騷經章句序。

㈥離騷序。

㈦陸機文賦，「詩緣情而綺靡」。今文尚書堯典，「詩言志」，左傳襄公二十七年，「詩以言志」。「言志」離不開政教，詳詩言志篇。

㈧嚴羽滄浪詩話詩辯云，「『詩之』大概有二：曰優游不迫，曰沈著痛快。」

㈨北宋時沈括論韓愈詩，以爲是「押韻之文」，不是詩，見惠洪冷齋夜話二。南宋提倡風人之詩的以劉克莊、嚴羽爲代表。劉說散見後村先生大全集，嚴說見滄浪詩話。

㈩呂氏家塾讀詩記卷一引程氏曰，「思無邪，誠也」。又引謝氏曰，「……其（詩）爲言率皆樂而不淫，憂而不困，怨而不怒，哀而不愁，……其與憂愁思慮之作，孰能優游不迫也？孔子所以有取焉。作詩者如此，讀詩者其可以邪心讀之乎！」

㈩㈠朱子讀呂氏詩記桑中篇云，「孔子之稱『思無邪』也，……非以作詩之人所思皆無邪也。」（朱文公文集七丅）

㈠㈡呂氏家塾讀詩記卷五。

㈠㈢見讀呂氏詩記桑中篇。

正變

（一）風雅正變㊀

鄭玄詩譜序云：

邇及商王，不風不雅。何者？論功頌德，所以將順其美；刺過譏失，所以匡救其惡。各於其黨，則爲法者彰顯，爲戒者著明。

周自后稷播種百穀，黎民阻飢，茲時乃粒，自傳以此名也。陶唐之末，中葉公劉亦世脩其業以明民共財。至於大王、王季，克堪顧天。文武之德光熙前緒，以集大命於厥身。遂爲天下父母，使民有政有居。其時詩，風有周南、召南，雅有鹿鳴、文王之屬。及成王、周公致大平，制禮作樂，而有頌聲興焉，盛之至也。本之由此風雅而來。故皆錄之，謂之詩之正經。

後王稍更陵遲。懿王始受譖亨（烹）齊哀公。夷身失禮之後，邶不尊賢。自是而下，厲也，幽也，政教尤衰。周室大壞。十月之交、民勞、板、蕩，勃爾俱作；衆國紛然，刺怨相尋。五霸之末，上無天子，下無方伯，善者誰賞？惡者誰罰？紀綱絕矣。故孔子錄懿王、夷王時詩訖於陳靈公淫亂之事，謂之變風變雅。——以爲勤民恤功，昭事上帝，則受頌聲，弘福如彼；若違而弗用，則被刦殺，大禍如此。吉凶之所由，變娛之萌漸，昭昭在斯，足作後王之鑒，於是止矣。

這一番議論有許多來歷。第一是審樂知政，本於左傳季札觀樂的記載（襄公二十九年）和禮記樂記㊁。第二是知人論世，本於孟子㊂。第三是美刺，本於春秋家和詩序㊃。這些都只承用舊說，加以發揮和變化。最後是「變風變雅」，本於詩大序。大序云：

至於王道衰，禮義廢，政教失，國異政，家殊俗，而變風變雅作矣。國史明乎得失之迹，傷人倫之廢，哀刑政之苛，吟詠情性以風其上，達於事變而懷其舊俗者也。故變風發乎情，止乎禮義。發乎情，民之性也；止乎禮義，先王之澤也。

孔穎達疏云：

變風變雅之作，皆王道始衰，政教初失，尚可匡而革之，追而復之，故執彼舊章，繩此新失，覬望自悔其心，更遵正道，所以變詩作也。以其變改正法，故謂之變焉。

「達於事變而懷其舊俗」，「變風變雅」原義只是如此；「變風變雅」的「變」就是「達於事變」的「變」，只是常識的看法，並無微言大義在內。孔疏以「變改正法」為「變」，「正」「變」對舉，卻已是鄭氏的影響。鄭氏將「風雅正經」和「變風變雅」對立起來，劃期論世，分國作譜，顯明禍福，「作後王之鑒」，所謂風雅正變說，是他的創見。他這樣綜合舊來四義組成他自己的系統的詩論。這詩論的系統可以說是靠正變說而完成。不過正變說本身並沒有能夠圓滿的完成。他所謂「風雅正經」和「變風變雅」，有些並無確切的分別。如鄭譜云：「武公又作卿士。國人宜之，鄭之變風又作。」秦譜云：「至〔非子〕曾孫秦仲，宣王又命作大夫，始有車馬禮樂侍御之好。國人美之，翳（秦）之變風始作（翳，伯翳也，秦是伯翳的後人）。」「宜之」「美之」自然是美詩了，怎麽也會是「變風」呢？雅詩裏也有同樣的情形，小大雅譜曾解釋道：

> 大雅民勞、小雅六月之後，皆謂之變雅。美惡各以其時，亦顯善懲過，正之次也。

這個解釋不能自圓其說是顯然的。而豳譜敘七月詩曲折更多：

> 周公……思公劉、大王居豳之職，憂念民事至苦之功，以比序己志。……大師大述其志，主意於豳公之事，故別其詩以為豳國變風焉。

更曲折的，鄭氏將七月詩分為風雅頌三段；一詩備三體，這是唯一的例子。風雅正變說本身既不完密，後世修正的很多，但到底不能通而無礙㊄。也有根本懷疑這一說的，如葉適的話：

> 言詩者自邶鄘而下皆為變風，其正者二南而已。二南王者所以正天下，教則當然，未必其風

之然也。行露之「不從」，野有死麕之「惡」，雖正於此，而變於彼矣。若是則詩無非變，將何以存！季札聽詩，論其得失，未嘗及變。孔子教小子以可羣可怨，亦未嘗及變。夫爲言之旨，其發也殊，要以歸於正爾。美而非諂，刺而非訐，怨而非憤，哀而非私，何不正之有？後之學詩者不順其義之所出，而於性情輕別之，不極其「志之所至」，而於正變强分之——守虛會而迷實得，以薄意而疑雅言，則有蔽而無獲矣。（習學記言序目卷六）

這番話甚爲有理，但鄭氏立說，也有他的背景在那裏。

說文三下支部，「變，更也」。淮南子氾論篇「夫殷變夏，周變殷，春秋變周」，高誘注，「變，改也」。荀子不苟篇「變化代興」，楊倞注，「改其舊質謂之變」。這是「變」的通義。但是「變」還有許多別義；最重要的，就是「變化」；「變」就是「化」㊅。不過「變化」一詞中的「變」和「化」原來也有些分別，上面舉的荀子的話便是例子㊆。還有易繫辭傳裏的「變化」，據虞翻和荀爽的注，「在天爲變，在地爲化」㊇，也是大同小異。「在天爲變」這看法關係很大。莊子逍遙遊，「若夫乘天地之正而御六氣之辯以遊无窮者，彼且惡乎待哉？」郭慶藩莊子集釋裏道：「辯與正對文，辯讀爲變。廣雅，『辯，變也』，辯、變古通用。」這是不錯的。正辯就是正變。管子戒篇也有「御正六氣之變」一語。正變對文，這兩處似乎是最早見。六氣，司馬彪說是陰陽風雨晦明㊈。郭象注這幾句有道：「天地以萬物爲體，而萬物必以自然爲正。自然者，不爲而自然者也。……故乘天地之正者，卽是順萬物之性也；御六氣之辯者，卽是遊變化之塗也。」陰陽風雨晦明都關於氣象；「天有不測風雲」，所以要「御」變。郭象「以自然爲正」，言之成理；但牽及萬物，似乎不是原語意旨所在。原語上文說「列子御風而行」，「天地」似乎就指氣象，跟「六氣」同義異詞。郭注又道，「夫唯與物冥而循大變者爲能無待而常通」，似乎以爲六氣雖變化而失自然，只要隨順就成。但是以失自然爲變，不如以失常爲變。素問六節藏象論云：「蒼天之氣，不得無常也。氣之不襲（承襲也），是謂非常；非常則變矣。」王冰注，「變謂變易天常」。這似乎明白些。可是白虎通災變篇也道：「變者，非常也」。接着卻引樂稽耀嘉曰：「禹將受位，天意大變。迅風靡木、雷雨晝冥。」這就複雜起來。繫辭傳、莊子、白虎通都說的「在天爲變」，但繫辭傳以變爲正爲常，莊子以變爲非正，白虎通以變爲非常，各不相同。莊子裏的看法也許比繫辭傳早；前者似乎是一般常識，後者實在是一派哲學。白虎通代表漢儒的看法，雖然也從常識出發，而經過當世盛行的陰陽五行說渲染了一番，便另是一副面目。

漢儒以爲天變由於失政，是對於人君的一種警告。漢書二十六天文志論的最詳。

經星常宿……伏見蚤晚，邪正存亡，虛實闊陿，及五星所行，合散犯守，陵歷鬭食，彗孛飛流，日月薄食，暈適背穴，抱珥虹蜺，迅雷風祅，怪雲變氣：此皆陰陽之精，其本在地而上發於天者也。政失於此，則變見於彼，猶影之象形，鄉（響）之應聲。是以明君覩之而寤，飭身正事，思其咎謝，則禍除而福至，自然之符也。

禍福「昭昭在斯」，足作人君之「鑒」。但天變有時也不一定告警，如上引樂稽耀嘉所謂「禹將受位，天意大變」，宋書禮志（十四）說「以明將去虞而適夏也」，便是的。不過禹是聖王，當看作例外；後世天變總以示災爲主，所以「災變」連爲一詞，白虎通專篇討論。注意天變，並不始於漢代，天文志道：

春秋二百四十二年間，日食三十六，彗星三見，夜常星不見、夜中星隕如雨者各一。當是時，禍亂輒應。周室微弱，上下交怨，……諸侯奔走不得保其社稷者不可勝數。自是之後，……並爲戰國，爭於攻取。兵革遞起，城邑數屠。因以饑饉疾疫愁苦。臣主共憂患，其察禨祥、候星氣尤急。

春秋時已經候察天變，而戰國以來更急。兵革、饑饉、疾疫使人民愁苦不能聊生。「臣主共憂患」，急着要找出路。天變示警，可以讓「明君覩之而寤」，正是一條出路。這原是適應實際的需要的；後來便凝定爲一種學說，作爲人君施政的指針了。「變」對「正行」而言。天文志又云：

> 夫曆者，正行也。……熒惑主內亂，太白主兵，月主刑。自周室衰，亂臣賊子、師旅數起，刑罰失中；雖其亡（無）亂臣賊子、師旅之變，內臣猶不治，四夷猶不服，兵革猶不寢，刑罰猶不錯。故二星與月爲之失度，三變常見。及有亂臣賊子、伏尸流血之兵，大變乃出。甘、石氏「星經」見其常然，因以爲紀，皆非正行也。詩云：「彼月而食，則惟其常。此日而食，于何不臧！」（十月之交）詩傳曰：「月食，非常也；比之日食猶常也；日食則不臧矣。」謂之小變可也，謂之正行非也。

這裏說熒惑、太白二星和月的失度不是「正行」，是「變」。甘氏、石氏以二星失度爲「逆行」，和月的失度爲月食一樣，都是曆紀的「常然」，可以推算出來；志裏卻以爲「逆行」總是「變」，總因「政治變於下」而然。「正行」與「變」對舉，原來也該本於常識，跟逍遙遊相同；只是這裏加上曆算家和陰陽五行說的涵義罷了。

詩譜序的風雅正變說顯然受了六氣正變的分別和天象正變的理論的影響；特別是後者，只看序裏歸結到「弘福」「大禍」「後王之鑒」，跟論災變的人同一口吻，就可知道。陰陽五行說是當代的顯學，鄭氏曾注諸緯書，更見得不能自外。但「變」還有一個重要的別義，也是助成他這一說的。穀梁傳僖公五年。

夏，……公及齊侯、宋公、陳侯、衞侯、鄭伯、許男、曹伯會王世子于首戴。……秋八月，諸侯盟于首戴。 無中事（中間無他事也）而復舉諸侯，何也？尊王世子而不敢與盟也（諸侯夏「會」王世子，秋始自相「盟」）。尊則其不敢與盟何也？盟者，不相信也，故謹信也。不敢以所不信而加之尊者。（齊）桓，諸侯也，不能朝天子，是不臣也。王世子，子也，塊然受諸侯之尊己而立乎其位，是不子也。桓不臣，王世子不子，則其所善焉何也？是則「變之正」也。天子微，諸侯不享覲。桓控大國，扶小國，統諸侯，不能以朝天子，亦不敢致天王。尊王世子于首戴，乃所以尊天王之命也。世子含王命會齊桓，亦所以尊天王之命也。

「是則變之正也」，范甯集解云，「雖非禮之正，而合當時之宜」。又襄公二十有九年

夏……仲孫羯會晉荀盈、齊高止、宋華定、衞世叔儀、鄭公孫段、曹人、莒人、邾人、滕人、薛人、小邾人城杞。 古者天子封諸侯，其地足以容其民，其民足以滿城，以自守也。杞危而不能自守，故諸侯之大夫相率以城之。此「變之正」也。

集解云：「諸侯危弱，政由大夫。大夫能同恤災危，故曰變之正。」又昭公三十有一年

冬，仲孫何忌會晉韓不信、齊高張、宋仲幾、衞太叔申、鄭國參、曹人、莒人、邾人、薛

人、杞人、小邾人城成周。天子微，諸侯不享覲，天子之在者惟祭與號。故諸侯之大夫相率以城之。此「變之正」也。

諸侯「城杞」「城成周」都是越俎代庖，「非禮之正；而合當時之宜」，所以稱爲「變之正」。這就是公羊傳所謂「權」。公羊傳桓公十有一年稱美鄭祭仲廢君爲「知權」「行權」，說道：「權者，反於經然後有善者也」。「經權」又稱「經變」㊉，其實也就是「正變」。這「正變」是據禮而言㊀㊀。禮記曾子問：

曾子問曰：「葬引至于堩（道塗也），日有食之，則有變乎？且不乎？」孔子曰：「昔者吾從老聃助葬於巷黨，及堩，日有食之。老聃曰，『丘，止柩，就道右，止哭以聽變。』既明反而後行。曰，『禮也』。」

後來孔子請教老聃。老聃說柩當見日而行，不可見星而行；見星而行的只有罪人和奔父母之喪的人。他說日食的時候也許會見星的，所以得改變常禮，將柩停住；君子不能只顧行禮，使別人的亡親受辱。這也是「行權」，也是「變之正」；所以老聃說「禮也」。鄭氏注「則有變乎」一句道，「變謂異禮」，就是這個意思。這是「變」的別義，也對「正」而言。變而失正就是「亂」。太史公自序引公羊家董仲舒說「撥亂世，反之正，莫近於春秋」，就將「亂」與「正」對舉。鄭氏曾作「起[穀梁]廢疾」，注三禮，並作「發[公羊]墨守」，他那風雅正變對立的見解，也該多少受到這一義的影響。

「正」，說文二下，「是也」。有時又是「善」的同義詞，見於鄭氏的儀禮注㊀㊁。從消極方面解釋，便是「行無傾邪也」；這也是鄭氏的話，見於周禮注㊀㊂。「正」與「邪」對舉，早見於逸周書。王佩解道：「見善而怠，時至而疑，亡正處邪，是弗能居。」孔晁注，「邪，姦術也」。賈誼新書道術篇也道，「方直不曲謂之正，反正爲邪」。禮記樂記以「中正無邪」爲「禮之質」，也是「正」「邪」對舉。樂記論樂，又有「正聲」和「姦聲」的分別，本於荀子樂論。樂論云：

> 凡姦聲感人而逆氣應之，逆氣成象而亂生焉。正聲感人而順氣應之，順氣成象而治生焉。唱和有應，善惡相象。故君子愼其所去就也。

樂是象徵治亂善惡的，關係極大。姦聲又稱「邪音」或「淫聲」，都見於樂論；樂記又稱爲「淫樂」，說「世亂則禮慝而樂淫」——孔穎達疏，「淫，過也」。呂氏春秋古樂篇論樂「有正有淫」，直以「正」與「淫」對舉；高誘注，「正，雅也；淫，亂也」。樂記載子夏對魏文侯語，論「古樂」和「新樂」，稱前者爲「德音」，後者爲「溺音」，也就是「正」「淫」之辨。子夏說古樂「和正以廣」，新樂「姦聲以濫，溺而不止」。又道：

> 夫古者天地順而四時當，民有德而五穀昌，疾疢不作而無妖祥，此之謂大當。然後聖人作為父子君臣，以為紀綱。紀綱既正，天下大定。天下大定，然後正六律，和五聲，弦歌詩頌。此之謂德音。德音之謂樂。……今君之所好者，其溺音乎？

文侯「問溺音何從出」，他答道：

> 鄭音好濫淫志，宋音燕女（許維遹先生疑當作「安」字）溺志，衛音趨（促）數（速）煩志，齊音敖（傲）辟喬志。此四者皆淫於色而害於德，是以祭祀弗用也。

古代詩教與樂教是分不開的。古樂衰而新樂盛，正聲微而淫聲興，是在春秋、戰國之交，正是漢書天文志說的「饑饉疾疫愁苦」的時代，樂記所謂「世亂」。這對於鄭氏的詩正變說當給予若干的影響。不過詩的正變在乎所美刺的政教，「風雅正經」固然「為法者彰顯」，「變風變雅」也「為戒者著明」——這並不減少詩本身的價值，跟新樂的生亂、害德是大不相同的。

但是對於詩正變說的最有力的直接的影響，也許是五行家所說的「詩妖」。漢書二十七中之上五行志引劉向洪範五行傳云：

言之不從，是謂不艾。厥咎僭，厥罰恆陽，厥極憂。時則有詩妖。……

志裏解釋道：

「言之不從」，從，順也。「是謂不乂」，乂，治也。孔子曰：「君子居其室，出其言不善，則千里之外違之，況其邇者乎？」（易繫辭上）詩云：「如蜩如螗，如沸如羹」（蕩），言上號令不順民心，虛譁憒亂，則不能治海內。失在過差，故其咎僭，僭，差也。刑罰妄加，羣陰不附，則陽氣勝，故其罰常陽也。旱傷百穀，則有寇難，上下俱憂，故其極憂也。君炕陽而暴虐，臣畏刑而拑口，則怨謗之氣發於謌謠，故有詩妖。

開元占經一一三「童謠」節也引洪範五行傳云：

下既非君上之刑，畏嚴刑而不敢正言，則北（別？）發於歌謠，歌其事也。氣逆則惡言至，或有怪謠，以此占之。故曰詩妖。

荀子將「姦聲」和「逆氣」相提並論，這裏將「惡言」和「氣逆」相提並論，正見出樂教、詩教的相通。據五行志，「妖」和「夭胎」同義，是兆頭的意思㊀㊃。逆氣生惡言的見解，春秋末年已經有了。國語周語下單穆公諫周景王鑄鍾，曾道：

夫耳內（納）和聲而口出美言，以為憲令而布諸民，正之以度量。民以心力，從之不倦。成事不忘（原作「貳」，依王引之校改），樂之至也。口內味而耳內聲，聲味生氣。氣在口爲言，……若視聽不和而有震眩，則味入不精，不精則氣佚。氣佚則不和，於是乎有狂悖之言，……民無據依，不知所力，各有離心。上失其民，作則不濟，求則不獲，其何以能樂？

這番話原也是論樂教的。「氣佚」，韋昭注，「氣放佚，不行於身體」。這氣就是氣質的氣。樂記說到「逆氣」，接着說「君子……惰慢邪辟之氣不設於身體」，可見「惰慢邪辟之氣」就是「逆氣」。孔穎達疏以「逆氣」爲「姦邪之氣」，劉向以「氣逆」爲「怨謗之氣」，其實都是氣質的氣。劉向的話，和單穆公是相通的。單穆公說的是人君，「狂悖之言」指教令，劉向所謂「言之不從」說的也是在上位的人。不過他所謂「詩妖」卻專指民間歌謠而言。單穆公似乎只據常識立論；劉向有陰陽五行說作背景，說得自然複雜些。「詩妖」既指民間歌謠——那些發洩「怨謗之氣」的歌謠或「怪謠」——，而歌謠也是詩，那麼，詩也有發洩「怨謗之氣」的作用了。這種詩就是所謂「刺詩」；「刺」也就是「怨謗」。依毛詩小序，刺詩的數量遠過於美詩（刺詩一百二十九篇，美詩二十八篇）——所以「變風變雅」也比「風雅正經」多得多（變詩二百零六篇，正詩五十九篇）。鄭氏給毛詩傳作箋，而對這事實，自然而然會轉念頭到「詩妖」上去。借了「詩妖」說的光，他去理會詩大序中「變風變雅」的所謂「變」；他說「弘福如彼」「大禍如此」，將禍福強調，顯然見出陰陽五行說的色彩。他又根據天文和氣象的正變，禮的正變，以及樂的正淫，將那表見「舊俗」——舊時美俗——的風詩雅詩，定爲「風雅正經」，來和「變風變雅」配對兒。這樣構成了他的風雅正變說；這一說確是他的創見。

風雅正變說和「詩妖」說的淵源，前人已經有指出的。清初汪琬給俞南史和汪森選的唐詩正作序，曾道：

> 詩風雅之有正變也，蓋自毛鄭之學始。成周之初，雖在途歌巷謠而皆得列於「正」。幽厲以還，舉凡出於諸侯、夫人、公卿大夫閔世病俗之所爲，而莫不以「變」名之。「正變」云云，以其時，非以其人也。……觀乎詩之正變，而其時之廢興治亂、汚隆得喪之數可得而鑒也。史家傳志五行，恆取其「變」之甚者以爲「詩妖」詩孽、「言之不從」之證。故聖人必用「溫柔敦厚」爲教，豈偶然哉？

這裏雖未明說風雅正變說出於「詩妖」說，但能將兩者比較着看，已是巨眼。「以其時，非以其人」一句話說「正變」最透徹。說到「溫柔敦厚」的詩教，是說「變風變雅」雖「變而不失正」，還可以「正人心，端世教」，正是詩大序所謂「達於事變而懷其舊俗」和「止乎禮義，先王之澤也」的意思。惟其「變而不失正」，所以「變風變雅」並不因「變」而減少詩本身的價值。風雅正變說原只爲解詩，不爲評詩。不過在解詩方面，鄭氏並沒有能夠自圓其說，如前所論。至於作詩方面，本非他意旨所及，正變說自然更無啓發人處。他又說，「孔子錄懿王、夷王時詩訖於陳靈公淫亂之事，謂之變風變雅」。陳靈公以後爲甚麼連變風變雅也沒有了呢？孔穎達毛詩正義序裏的話也許可以補充他的意思。孔氏道：「成、康沒而頌聲寢，陳靈興而變風息」。所謂「變風息」者，他在詩大序疏中道：

> 太平則無所更美，道絕則無所復譏，人情之常理也。故初變惡俗，則民歌之，風雅正經是也。始得太平，則民頌之，周頌諸篇是也。若其王綱絕紐，禮義消亡，民皆逃死，政盡紛亂——易稱「天地閉，賢人隱」——，於此時也，雖有智者，無復譏刺。成王太平之後，其美不異於前，故頌聲止也。陳靈公淫亂之後，其惡不可復言，故變風息也。班固云，「成、康沒而頌聲寢，王澤竭而詩不作」（兩都賦序），此之謂也。㊀㊄

這番話將詩的發展看得太死了，有些強詞奪理。但孔氏本於班固，班固又本於孟子。孟子道，「王者之迹熄而詩亡，詩亡然後春秋作」（離婁下）㊀㊅。孟子說「詩亡」，班固說「詩不作」，鄭氏不提「孔子錄」的以後的詩——陳靈公以後的詩，自有他們的理由。孟子正生在古樂衰而新樂盛的戰國時代，詩已不歌，新樂又不雅，而新的詩的傳統也還沒露一點芽兒，所以說是「詩亡」。班固跟着孟子說話；鄭氏似乎也相信孟子的意見。鄭氏生在東漢末年。四言詩從三百篇後一蹶不振，中間雖有擬作，也甚稀罕；到這時候纔有新的樂府詩的傳統建立起來。可是樂府詩原來大部分是「街陌謠謳」㊀㊉，後來也只是文人爭相擬製；若說個人創作的抒情的五言詩，那要等到建安時代纔誕生，等到正始時代的阮籍的手裏纔長成。因而評論作詩的工拙的風氣也到建安時代纔創始。鄭氏不會想到作詩方面，也是自然而然。正變說既不能圓滿的解詩，後世引用的便少。上文引過的汪琬的唐詩正序卻聲明由正變說以讀唐詩，他道：

> 有唐三百年之間，能者間出。貞觀、永徽諸詩，正之始也。然而雕刻組繢，猶不免陳隋之遺。開元、天寶諸詩，正之盛也。然而李杜兩家聯衽接踵，或近於跌宕流逸，或趨於沈着感憤，正矣，有變焉。降而大曆以訖貞元，典刑具在，往往不失承平故風，庶幾乎變而不失正者與？自是以後，其詞愈繁，其聲愈細，而唐遂陵夷以底於亡，說者比諸曹、鄶「無譏」焉。凡此皆時爲之也。

當其盛也，人主勵精於上，宰臣百執趨事盡言於下，政清刑簡，人氣和平。故其發之於詩率皆從容而爾雅。讀者以爲正，作者不自知其正也。及其旣衰，在朝則朋黨之相訐，在野則戎馬之交訌，政繁刑苛，人氣愁苦。故其所發又皆哀思促節者爲多，最下則浮且靡矣。雖有賢人君子，亦嘗博大其學，掀決其氣，以求篇什之旨，而卒不能進及於前。讀者以爲變，作者亦不自知其變也。是故正變之所形，國家之治亂繫焉，人才之消長、風俗之隆汚繫焉。後之言詩者顧惟取一字一句之工以相誇尚，夫豈足以語此？

汪氏論正變，只是說詩反映時代，毫不帶陰陽五行說的色彩；這就跟鄭氏大不相同。我們現在也還是這種意見——一切文學反映時代。汪氏說「讀者以爲正，作者不自知其正」，「讀者以爲變，作者亦不自知其變」，可以補充鄭氏的理論；提出「作者」，他的正變說便不專爲解詩，而是兼爲評詩了。他說李白「跌宕流逸」，杜甫「沈着感憤」，又說「最下則浮且靡」，「雖有賢人君子，……卒不能進及於前」，都是在評詩。詩到唐代，個人創作的傳統已幾經遞嬗，「作者」和詩本身的價值的重要，早經公認。論唐詩的不但要「以其時」，還要「以其人」，以其詩。汪氏由正變說以讀唐詩，而不能不牽涉到評詩，也還是個自然而然(一八)。他又提到初唐詩「琱刻組績，猶不免陳隋之遺」，這又牽涉到作詩方面；又提到「後之言詩者惟取一字一句之工以相誇尚」，是兼論評詩和作詩。按他的正變說，陳隋「琱刻組繢」跟後來作詩求「一字一句之工」也該是「變」，不過變而「失正」能了㊀㊈。這樣將正變說引用到評詩和作詩兩方面，是鄭氏想不到的。這兩方面的引用，起源遠在六朝，後來逐漸發展。汪氏自然也受到影響。這可以稱爲詩體正變說；從鄭氏的風雅正變說出來，卻不是直線的發展，而是「旁逸斜出」的發展。

* * *

㊀本段的主要論點，由何善周君啓發，引證的材料也多由他搜集給我，特此誌謝。

㊁「審樂以知政」，見禮記三十七樂記。

㊂孟子萬章下：「又尚論古之人。頌其詩，讀其書，不知其人，可乎？是以論其世也。……」

㊃公羊、穀梁二傳多用「褒貶」字，也用「美惡」字，又有「刺」字，詳見比興篇。

㊄見經義考九十八，一〇一，一〇四，一〇八，一一三，一一六，一一八各卷。

㊅淮南子墜形篇「變宮生徵」高誘注，「變猶化也」。廣雅釋詁卷三，「變，七也」。

㊆楊注，「騶致於善謂之化」。

㊇「在天成象，在地成形，變化見矣」虞注，見周易集解十三；又「此所以成變化而行鬼神也」荀注，見同書十四。

㊈周語下「所以宣養六氣九德也」，韋昭注，「六氣，陰陽風雨晦明也」。

㊉春秋繁露玉英篇：「春秋有經禮，有變禮」。又，「明乎經變之事，然後知輕重之分，可與適權矣」。

㈠㈠鄭樵風有正變辨曾道，「必不得已，從先儒正變之說，則當如穀梁所謂『變之正』也」，見六經奧論卷三。

㈠㈡儀禮卷三士冠禮「以歲之正」注，「正猶善也」。又三十五士喪禮「決用正」注，「正，善也」。

㈠㈢周禮卷三天官小宰「四曰廉正」注。

㈠㈣漢書二十七中之上：「凡草木之類謂之『妖』。『妖』猶夭胎，言尚微。」

㈠㈤「而變風變雅作矣」句下，見毛詩正義一之一。

㈠㈥趙岐注以「頌聲不作」爲「詩亡」，鄭玄王城譜有「其詩不能復雅」一語，後世據此，又以雅亡爲「詩亡」，都與班固不同。

㈠㈦宋書十九樂志，「凡樂章古詞今之存者，並漢世街陌謠謳」。

㈠㈧朱子跋病翁先生詩道：「變亦大是難事。果然變而不失其正，則縱橫妙用，何所不可。不幸一失其正，卻似反不如守古本舊法以終其身之爲穩也。李杜韓柳初亦皆學選詩者；然杜韓變多而柳李變少。變不可學，而不變可學。」（集八十四）所謂正變，「不失其正」，「失其正」，都就詩體論；汪氏說似乎一部分出於此。

㈠㈨葉燮有汪文摘謬一卷，曾駁汪氏道：「昔夫子刪詩，未聞有正變之分。……後之人翻欲盡變而紬之，其不然也明矣。原其故，胸中既無明見，依違於漢儒之腐說。既又遷易其辭，以正變歸之時運。迨執時運之說，則又窮於論詩；於是又遷就以附會之。掣肘支離，終無一定之衡。」論雖稍苛，但指出汪氏遷易「正變」的辭義，以就後代詩的發展，是不錯的。

(二) 詩體正變

六朝論文，可以梁昭明太子和元帝兄弟爲代表。昭明文選序別裁經、子、辭、史，以爲都不是文；他注重「綜緝辭采」，「錯比文華」，舉「事出於沈思，義歸乎翰藻」爲文的標準。「事」是事類，就是典故；「藻」指譬喻，也兼指典故。「事出於沈思，義歸乎翰藻」是善於用事，善於用比的意思㊀。元帝金樓子立言篇說，「吟咏風謠，流連哀思者謂之文」，又說，「文者，惟須綺縠紛披，宮徵靡曼，脣吻遒會，情靈搖蕩」。所謂「綺縠紛披」，也當指用事用比而言。六朝論詩，可以鍾嶸和劉勰爲代表。詩品序指出「氣之動物，物之感人，故搖蕩性情，形諸舞詠」。可是當時的詩

> 顏延、謝莊尤爲繁密，於時化之。故大明、泰始中，文章殆同書抄。近任昉、王元長等，辭不貴奇，競須新事。爾來作者寖以成俗。遂乃句無虛語，語無虛字，拘攣補衲，蠹文已甚。但自然英旨，罕值其人。詞既失高，則宜加事義；雖謝天才，且表學問，亦一理乎？

文心雕龍明詩篇也道：

> 宋初文詠，體有因革。莊老告退，而山水方滋。儷采百字之偶，爭價一句之奇；情必極貌以

> 寫物，辭必窮力而追新。此近世之所競也。

「競須新事」明指用事，「辭必窮力而追新」似乎也指的用事用比，都可見當時風氣。但由鍾、劉兩家的話，知道求「新」更爲當時作者所重。

「新」是創造，對舊而言是「變」；隋唐以來，「新變」往往連稱。南齊書五十二文學傳論道：

> 習玩爲理，事久則瀆。在乎文章，彌患凡舊。若無新變，不能代雄。

這裏說能求「新變」纔能獨自成家，雄長一代。梁書四十九庾肩吾傳道：

> 齊永明中，文士王融、謝朓、沈約，文章始用四聲，以爲新變。至是轉拘聲韻，彌尙麗靡。

用事用比之外，聲律也是求得「新變」的一條路。又梁書三十徐摛傳說他

> 屬文好爲新變，不拘舊體。

當時不滿這類「新變」的，或以爲「拘攣補衲」而失自然㊁，或以爲「轉拘聲韻」而「傷眞美」㊂；但「不拘舊體」也該是貴古者的一種口實。隋書十五音樂志道：

> 開皇中，……有曹妙達、王長通、李士衡、郭金樂、安進貴等，皆妙絕弦管，新聲奇變，朝改暮易，持其音技，估衒王公之間。舉時爭相慕尙。高祖病之，謂羣臣曰：「聞公等皆好新變，

所奏無復正聲，此不祥之大也。……」

這裏「正聲」與「新變」對舉。樂尚「新變」，「無復正聲」，文好「新變」，「不拘舊體」，道理是一樣的；隋高祖以「無復正聲」爲病，也該有人以「不拘舊體」爲病。文心雕龍通變篇就有這個意思，下文詳論。

風雅正變的「變」，指的「政教衰」，「紀綱絕」，指的時世由盛變衰。這裏並不曾應用那影響鉅大的，易傳的「變」的哲學。易繫辭傳道：

易窮則變，變則通，通則久（下）。

這似乎是「變」的哲學的綱領。「變」與「通」是連着的，而「通」與「窮」是對着的。「通」纔能「久」，「久」便無窮[四]。繫辭傳又道：

變通莫大乎四時（上）。

荀爽注，「四時相變，終而復始也」（周易集解十四）。這似乎是一種循環論。但是無論如何

變通者，趣（趨）時者也（下）。

「趣時」就不至於固執了。又道：

> 形而上者謂之道，形而下者謂之器。化而裁之謂之變，推而行之謂之通；舉而錯之天下之民謂之事業（上）。

道與器都可以「變」「通」而成事業，所以

> 變而通之以盡利（上）。

> 通變之謂事（上）。

「變」的作用如此之大，風雅正變的「變」顯然跟這種「變」不相干。「新變」的「變」倒似乎有意無意間在應用着這種哲學。我們可以說梁陳以至隋唐之際，文論開始採用了這種「變」的哲學。

通變說的應用固然可以解釋求新，而在求新成爲風氣之後，這一說卻也可以幫助復古論者張目。文心雕龍通變篇就有這個傾向。

> 夫設文之體有常，變文之數無方。何以明其然耶？凡詩賦書記，名理相因，此有常之體也。文辭氣力，通變則久，此無方之數也。名理有常，體必資於故實。通變無方，數必酌於新聲。故能騁無窮之路，飲不竭之源。然綆短者銜渴，足疲者輟塗。非文理之數盡，乃通變之術疎耳。……推而論之，則黃唐淳而質，虞夏質而辨，商周麗而雅，楚漢侈而豔，魏晉淺而綺，宋初訛而新。從質及訛，彌近彌澹。何則？競今疎古，風味氣衰也。

一七八

今才穎之士刻意學文，多略漢篇，師範宋集。雖古今備閱，然近附而遠疎矣。夫青生於藍，絳生於蒨，雖踰本色，不能復化。桓君山云，「予見新進麗文，美而無採，及見劉、揚言辭，常輒有得。」此其驗也。故練青濯絳，必歸藍蒨；矯訛翻淺，還宗經誥。斯斟酌乎質文之間，而隱栝乎雅俗之際，可與言通變矣。……若乃齷齪於偏解，矜激乎一致，此庭間之迴驟，豈萬里之逸步哉！

文中承認「文辭氣力，通變則久」，「數必酌於新聲」。但像當時那樣「競今疎古」，蔽於偏而不知全，便不免千篇一律，「風味氣衰」。文中論「宋初訛而新」，「訛」，化也，又有「妖」義㊄；「新」而不「雅」，「新」而失正，「新」得過了分，便是「訛」。「訛」自然不會「淳」，「淳」是濃，是厚㊅，不淳就薄了，「澹」了。這時候好像「文理之數盡」，走頭無路；其實也不然。只要「矯訛翻淺，還宗經誥」，「斟酌乎質文之間，而隱栝乎雅俗之際」，還可通變起去，路還是「無窮」的。清代紀昀評這一段道：

彥和以通變立論。然求新於俗尚之中，則小智師心，轉成纖仄。……故挽其返而求諸古。蓋當代之新聲既無非濫調，則古人之舊式轉屬新聲。復古而名以通變，蓋以此爾。

這番話透徹的說出復古怎樣也是通變，解釋劉氏的用意最爲確切。

劉氏以復古為通變，雖然近於循環論，但確是創見；他針對當時的情形，給指出了一條新路。不過他的意見在當時似乎沒有發生甚麼影響。他的影響直到唐代纔顯著。首先以復古號召的是陳子昂，他在與東方左史虬修竹篇的敍裏劈頭便道：

> 文章道弊五百年矣。漢魏風骨，晉宋莫傳，然而文獻有可徵者。僕嘗暇時觀齊梁間詩，彩麗競繁，而興寄都絕，每以永歎。竊思古人，常恐逶迤頹靡，風雅不作，以耿耿也。（陳伯玉文集一）

他要將詩還到風雅，還到漢魏；他作感遇詩三十八章，是學阮籍的。盧藏用給他的文集作序，說道：「道喪五百歲而得陳君，……卓立千古，橫制頹波；天下翕然，質文一變。」又說「至於感激頓挫，微顯闡幽，庶幾見變化之朕，以接乎天人之際者，則感遇之篇存焉。」（全唐文二三八）所謂「質文一變」，所謂「變化之朕」，正是文心通變的意思。李白繼子昂之後提倡詩「復古道」，他說「梁陳以來，豔薄斯極，沈休文又尚以聲律；將復古道，非我而誰與！」（本事詩高逸第三）他的古風第一首論的更詳：

> 大雅久不作，吾衰竟誰陳！王風委蔓草，戰國多荊榛；龍虎相啖食，兵戈逮狂秦。正聲何微茫！哀怨起騷人。揚、馬激頹波，開流蕩無垠。廢興雖萬變，憲章亦已淪。自從建安來，綺麗不

足珍。聖代復玄古，垂衣貴清眞。羣才屬休明，乘運共躍鱗；文質相炳煥，衆星羅秋旻。我志在刪述，垂輝映千春。希聖如有立，絕筆於獲麟。（李太白集二）

「大雅久不作」，「正聲何微茫」，「廢興雖萬變，憲章亦已淪」，也將「正」「變」對舉。所謂「正聲」，就是詩譜序的「風雅正經」；不過「廢興萬變」的「變」，卻是「以其人」兼「以其時」，「憲章已淪」也如此。「綺麗」似乎側重「其人」，側重詩體的「變」，但也還是「時爲之」，所以說「自從建安來，綺麗不足珍」。詩末說唐代「復玄古」，「貴清眞」；「清眞」就是詩品序所謂「自然」，也就是太白贈江夏韋太守良宰詩裏所謂「清水出芙蓉，天然去雕飾」（集十一）。「綺麗」是「文勝質」，他要的是「文質相炳煥」，文心所謂「斟酌乎質文之間」。他雖然說過「興寄深微，五言不如四言，七言又其靡也」（本事詩高逸第三），可是還只作五七言詩，而七言更多；七古和七絕兩體且都成立在他手裏。他的復古其實是革新，其實也是通變。

韓愈是提倡古文的第一個人。他在與馮宿論文書裏將「應事」而作的「俗下文字」與「古文」對立（韓昌黎集十七）；又在答劉正夫書裏說爲文「宜師古聖賢人」（集十八）。他所師的古聖賢人，進學解列出詳目：

作爲文章，其書滿家。上規姚、姒，渾渾無涯；周誥殷盤，佶屈聱牙。春秋謹嚴，左氏浮誇。易奇而法。詩正而葩。下逮莊騷，太史所錄；子雲、相如，同工異曲。（集十二）

這就是答李翊書中所謂「非三代兩漢之書不敢觀」（集十六）。他「思古人而不得見，學古道則欲兼通其辭」；所謂「通其辭」，便是「取其句讀不類於今者」（題歐陽生哀辭後．集二十二）。他雖說過要「直似古人」（與馮宿書），但「取其句讀不類於今」其實正是「惟陳言之務去」（答李翊書），是自造新語。舊唐書一六〇本傳說得好：

〔愈〕常以爲自魏晉已還爲文者多拘偶對，而經誥之指歸，遷、雄之氣格不復振起矣。故愈所爲文務反近體，抒意立言，自成一家新語。

李翺祭吏部韓侍郎文也道：「六經之學，絕而復新；學者有歸，大變於文。」（李文公集十六）韓愈的復古還只是通變。後來到了宋代，古文已成正宗，所以蘇軾潮州韓文公廟碑說「天下靡然從公，復歸於正，蓋三百年於此矣」（東坡先生全集十七）。在唐爲變，在宋卻成「正」了。通變而以復古號召，就是利用這種循環論，以便取得正宗的地位。

韓愈門下還有個皇甫湜，論文尚奇，更見出「務反近體」，自造新語的師傳。他有答李生第二書道：

夫謂之奇，則非正矣，然亦無傷於正也。謂之奇，卽非常矣；非常者，謂不如常者，謂不如常，乃出常也。無傷於正而出於常，雖尚之亦可也。……夫文者非他，言之華者也。其用在通理而已，固不務奇，然亦無傷於奇也。使文奇而理正，是尤難也。（皇甫持正文集四）

「奇正」本是兵家語，孫子卷五勢篇道：

戰勢不過奇正。奇正之變，不可勝窮也。奇正相生，如循環之無端，孰能窮之？

所以「變」有「奇」義，文選西京賦「盡變態乎其中」，薛綜注，「變，奇也」。六朝論文，就有「奇變」的話。宋書六十九范曄傳獄中與諸甥姪書道，「『贊』自是吾文之傑思，殆無一字空設，奇變不窮」。可見皇甫湜尚奇，也不外乎求變。

唐代古文雖一直以復古爲通變，詩卻從杜甫起多逕趨新變，而且「奇變不窮」。杜甫並不卑視齊梁，而是主張「轉益多師」㊉；又頗用心在新興的律詩上，他要「遣辭必中律」（橋陵詩三十韻，杜少陵集詳註三），並且自許「晚節漸於詩律細」（遣悶呈路曹長，集十八）。他「爲人性僻耽佳句，語不驚人死不休」（江上值水如海勢，集十），明王世貞藝苑卮言卷四說他「以獨造爲宗」，是不錯的。作詩這樣「以獨造爲宗」的，杜甫以後，得推韓愈。歐陽修六一詩話道：

退之筆力無施不可，而嘗以詩爲文章末事。故其詩曰「多情懷酒伴，餘事作詩人」（和席八十二韻，集十）也。然其資談笑，助諧謔，敍人情，狀物態，一寓於詩。

「資談笑，助諧謔」，已經是「獨造」了，而薦士詩稱孟郊「橫空盤硬語，妥帖力排奡」（集三十二），也是自白，更見出他「獨造」的工夫。他雖「以詩爲文章末事」，可是獅子搏兔，還是用全力的。杜韓兩家影響宋詩最大。但宋人有說韓詩是「押韻之文」的⑧，有說他「以文爲詩」的⑨；似乎他的「獨造」比較杜爲甚，他是更趨向新變些。杜韓兩家卻都並「不自知其變」；得等到宋代纔有以他們爲變的讀者。第一個能察變的人該推蘇軾。他書黃子思詩集後道：

余嘗論書，以謂鍾王之迹蕭散簡遠，妙在筆畫之外。至唐顏柳，始集古今筆法而盡發之，極書之變。天下翕然以爲宗師。而鍾王之法益微。至於詩，亦然。蘇李之天成，曹劉之自得，陶謝之超然，蓋亦至矣。而李太白、杜子美以英瑋絕世之姿凌跨百代，古今詩人盡廢。然魏晉以來高風絕塵亦少衰矣。（全集六十七）

又曾說道：

書之美者莫如顏魯公，然書法之壞自顏始。詩之美者莫如韓文公，然詩格之變自韓始。（苕溪漁隱叢話前集十七引）

所謂「天成」「自得」「超然」「高風絕塵」，只是自然和渾成的意思，跟書法的「蕭散簡遠，意在筆畫之外」相通。蘇氏看出李、杜、韓極詩之變，恰如顏、柳「極書之變」一般；但那「高風絕塵」的衰息，他還是在低徊惋惜着的。文體的變是有意的復古的主張，所以他說「復歸於正」；詩體的變只是自然的求新的趨向，所以他不免懷古的口吻。後來朱子也論到詩體的變，他答鞏仲至（豐）書（四）道：

> 古今之詩凡有三變。蓋書傳所記，虞夏以來下及魏晉，自爲一等。自晉宋間顏謝以後下及唐初，自爲一等。自沈宋以後定著律詩下及今日，又爲一等。然自唐初以前，其爲詩者固有高下，而法猶未變。至律詩出而後詩之與法始皆大變，以至今日，益巧益密，而無復古人之風矣。（朱文公文集六十四）

所謂「古人之風」，也指的「高風遠韻」[10]。但他以「高風遠韻」爲「根本準則」[11]，便和蘇氏有些出入。他說「坡公病李杜而推韋柳，蓋亦自悔其平時之作而未能自拔者」（答鞏書三，集六十四），就指的書黃子思詩集後那一篇裏的話。「病李杜」顯然不合蘇氏原意；說他「自悔其平時之作」，似乎也出於成見。

不過這種以「高風遠韻」爲正宗的意見，後來卻成了一般的意見。如劉克莊的韓隱君詩序道：

後人盡誦讀古人書，而下語終不能髣髴風人之萬一，余竊惑焉。或古詩出於情性，發必善，今詩出於記問博而已。自杜子美未免此病。（後村先生大全集九十四）

又竹溪詩序道：

唐文人皆能詩，柳尤高，韓尚非本色。迨本朝則文人多，詩人少。三百年間，雖人各有集，集各有詩，詩各自爲體，或尚理致，或負材力，或逞辨博，少者千篇，多至萬首，要皆經義策論之有韻者，亦非詩也。（同上）

劉氏對杜韓兩家都有微詞。嚴羽滄浪詩話也道：

近代諸公乃作奇特解會，遂以文字爲詩，以才學爲詩，以議論爲詩。夫豈不工？終非古人之詩也。蓋於一唱三嘆之音有所歉焉。（詩辨）

所謂「髣髴風人」，所謂「一唱三嘆之音」，都就是「高風遠韻」。這種意見又是復古的傾向，但也還是爲的通變。原來宋詩自黃庭堅以來，有意的求新求變求奇。他指出「以俗爲雅，以故爲新」的法門，說是「舉一綱而張萬目」，並且說這是「詩人之奇」（再次韻楊明叔詩引，山谷詩內集十二）。又倡所謂奪胎換骨法，說道：

詩意無窮而人之才有限。以有限之才追無窮之意，雖淵明、少陵不得工也。然不易其意而造

其語，謂之換骨法，窺入其意而形容之，謂之奪胎法。（冷齋夜話一）

這又是「以故爲新」的節目。黃氏開示了這種法門，給後學無窮方便；大家都照他指出的路子「窮力追新」，這就成了江西詩派——惟其有法門可以傳授，纔能自立宗派。但宗派既成，沿流日久，又不免劉勰說的「齷齪於偏解，矜激乎一致」，「競今疎古，風味氣衰」。於是乎從朱子起又有了復古論。這回的復古的理論到了明代實現，所謂「文必秦漢，詩必盛唐」；但也造成了一種新風氣。

文到六朝成爲專科之學。范曄作後漢書，創立文苑列傳，鍾嶸定詩品，劉勰論文心，都在此時。而劉氏更注重文體的代變。時序篇開端道，「時運交移，質文代變，古今情理，如可言乎？」接着就從陶唐敘到江左，作一斷語：

故知文變染乎世情，興廢繫乎時序；原始以要終，「雖百世可知也」。

文心上篇論列各體，也都詳述源流遷變。在前沈約已經論到文體的變，宋書六十七謝靈運傳論中道：

自漢至魏四百餘年，辭人才子，文體三變。相如工爲形似之言。二班長於情理之說。子建、仲宣以氣質爲體。並標能擅美，獨映當時。

以下直敘到宋代的顏謝爲止。但劉氏論文，專門名家，詳備自然還在沈約之上。他們這些文字卻都是我國文學史的開山工作，見出獨具手眼。根柢在他們能識變；而這又是跟當時追求「新變」的風氣相應的。劉勰以後，論「文變」的便多起來。唐人修六朝史書，多有文苑傳或文學傳，傳各有序或論，皆論「文變」；並且多引易傳「觀乎天文以察時變，觀乎人文以化成天下」二語（賁卦彖辭，周易三）爲論據，正見出六朝以來的風氣。文士著作中也有論的，前引盧藏用的陳子昂集序末云，「故粗論文變而爲之序」，便是一例。這些都是通論歷代「文變」；至於專論一代的，似乎從宋祁唐書二〇一文藝傳序創始。他說「唐有天下三百年，文章無慮三變」，王、楊是一變，燕、許是一變，韓愈又是一變。專論詩體的變的也有通論和斷代的分別。嚴羽滄浪詩話有詩體一篇，辨析歷代詩體最細；他分唐詩爲「唐初」「盛唐」「大歷」「元和」「晚唐」五體，是至今通行的四唐說的源頭。

「文變」是指詩文體的變；這個「變」是「患凡舊」，是「化而裁之」，是「趣時」。復古也罷，求新也罷，「變」的總是新的；「變」能成體，這新的就是好的，即使未必是更好的。「變則通，通則久」，「變」是可喜的。明白了通變的道理，便不至於一味的隆古賤今，也不至於一味的競今踈古，便能公平的看歷代，各各還給它一副本來面目。分體或分期，就爲的看淸楚這些個本來面目。唐代的詩比歷代盛，也比文盛，所以嚴氏分體最多。後來論詩體的也特別注重唐代。元時楊士弘選錄唐詩，成唐音一集，敍目裏說唐人選唐詩多載中晚唐人詩，盛唐詩甚少，宋人選唐詩也多載晚唐人詩。他原來也只能讀到這些選本，後來纔得着人家收藏的許多唐初、盛唐詩，「於是審其音律之正變，而擇其精粹，分爲『始音』，『正音』，『遺響』，總名曰唐音」。他將嚴氏的五體倂爲「唐初」，「盛唐」，「中唐」，「晚唐」四體；所謂「中唐」，包括「大歷體」「元和體」，是楊氏新立的名目。這樣就見得整齊了。唐宋人選詩側重中晚唐，正是文心所謂「近附而遠踈」；楊氏採取嚴羽的理論，分期精擇，便公平得多。他特別注重音律，所以集名唐音，又以「音」「響」標目。敍目裏道：

> 夫詩之爲道，非惟吟詠情性、流通精神而已，其所以奏之郊、廟，歌之燕、射，求之音律，知其世道，豈偶然哉？

律體新創於唐代，古詩和律詩的分別就在音律上；重音律正是唐詩的面目。楊氏看淸楚了這副面目，所以說「審其音律之正變」，又說「求之音律，知其世道」，「世道」就是「時」。「音律之正變」雖「以其時」，更「以其人」，以其詩，所以他的「正音」裏有「唐初」和「盛唐」，也有「中唐」和「晚唐」，前二者爲一類，後二者又爲一類。他說「世次不同，音律高下雖各成家，然體製聲響相類」，可見所重在「其人」，其體，其詩。他的「始」「正」之分是「以其人」兼「以其時」；「正」「遺」之分是以其詩，「以其人」兼「以其時」。

明初高棅的唐詩品彙承唐音而作，總敍裏說得明白；他也採取嚴羽的詩論，並見總敍中。總敍論唐詩的變道：

> 有唐三百年詩，衆體備矣，故有近體、往體長短篇，五七言律、絕句等製。莫不興於始，成於中，流於變，而陊之於終。至於聲律、興象、文詞、理致，各有品格高下之不同。略而言之，則有初唐、盛唐、中唐、晚唐之殊。

「詳而分之」：「貞觀、永徽之時」是「初唐之始製」，「神龍以還，洎開元初」是「初唐之漸盛」。「開元、天寶間」「是盛唐之盛」。「大歷、貞元中」是「中唐之再盛」。「下洎元和之際」是「晚唐之變」，「降而開成以後」是「晚唐變態之極；而遺風餘韻猶有存者焉」。這是後來所謂「四唐」；初、盛、中、晚各有定限，不僅僅是分體，而且是分期。按這個分期，初唐不包括高祖時代，中唐也太短，還不甚適用。明末沈騏在詩體明辨的序裏分唐詩爲「四大宗」，修正了這兩處。後來便照兩家所論，限年分期：初唐從高祖武德元年算起，到玄宗開元初，約一百年間（西元六一八至七一三）。盛唐從開元元年到代宗大曆初，約五十年間（七一三至七六六）。中唐從大曆元年到文宗太和九年，將高氏所謂「晚唐之變」併入，約八十年間（七六六至八三五）。晚唐從文宗開成元年到昭宗天祐三年，約七十年間（八三六至九〇六）。至今通行的四唐說便是如此。雖然有人根本反對這個分期，也有人推敲各期的界劃，但是四唐說漸漸爲一般論詩者所公認，並且流行至今；因爲它給人方便，讓人更淸楚的看見唐詩的種種面目。在我國文學史上，四唐說是唯一的斷限的分期；一般論文的人總害怕「支離割剝」㊀㊀，所以嘗試這種斷限的分期的絕無僅有。從現在看來，這一說實在是一個重要的創始。而這個創始還是以「文變」說爲依據。品彙總敘說選詩「校其體裁，分體從類，隨類定其品目，因目別其上下，始終正變，各立序論」。品目有九，稱爲「九格」。初唐是「正始」。盛唐是「正宗」，「大家」，「名家」，「羽翼」。中唐是「接武」。晚唐是「正變」，「餘響」。方外、異人等是「旁流」。初、盛、晚各自爲「正」，中唐「接武」，自然也有其爲「正」者。總敍又道：

> 誠使吟詠性情之士觀詩求其人，因人以知其時，因時以辯其文章之高下，詞氣之盛衰，本乎始以達其終，審其變而歸於正，則優游敎厚之敎，未必無小補云。

這裏以詩爲主，因詩及人，因人及時，再因時及詩，跟風雅正變說專「以其時」的大不相同了。「審其變而歸於正」一語雖然側重在「正」，但這個「正」並不是風雅正變的「正」，而是「變之正」，「趣時」的「正」；高氏以爲一「時」的詩自有其「正」，他對於「時」是持着平等觀的。

論「文變」的人，對於「時」多少持着平等觀，但也還不免貴遠賤近或「競今疎古」的偏見；前者如滄浪詩話低抑中晚唐詩㊀㊁，後者如唐音不錄李杜韓三家。明末淸初以來，公正不頗的平等觀纔漸漸出現。顧炎武日知錄二十一詩體代降條云：

> 三百篇之不能不降而楚辭，楚辭之不能不降而漢魏，漢魏之不能不降而六朝，六朝之不能不降而唐，勢也。用一代之體，則必似一代之文，而後爲合格。

> 詩文之所以代變，有不得不變者。一代之文沿襲已久，不容人人皆道此語。今且千數百年矣，而猶取古人之陳言一一而摹倣之，以是爲詩，可乎？故不似則失其所以爲詩，似則失其所以

爲我。李杜之詩所以獨高於唐人者，以其未嘗不似而未嘗似也。知此者「可與言詩也已矣」。所謂「沿襲已久」，便是南齊書文學傳論說的「彌患凡舊」。顧氏能從詩體上確切斷定詩有「不得不變」之「勢」，是他的獨到處；雖然他又說「不能不降」，還不免「伸正而詘變」的意思。至於「未嘗不似而未嘗似」，該是前引汪琬所謂「變而不失正者」，不過顧氏專就詩體立論罷了。稍後葉燮作原詩，論盛衰正變，更見通達明曉。他道：

自有天地以來，古今世運氣數，遞變遷以相禪。古云，天道十年一變，此理也，亦勢也。無事無物不然。寧獨詩之一道膠固而不變乎？今就三百篇言之，風有正風，有變風，雅有正雅，有變雅。風雅已不能不由正而變，吾夫子亦不能存正而刪變也。則後此爲風雅之流者，其不能伸正而詘變也明矣。

這裏「不能伸正而詘變」，眞是一語破的。又道：

詩之爲道，未有一日不相續相禪而或息者也。但就一時而論，有盛必有衰；綜千古而論，則盛而必至於衰，又必自衰而復盛。非在前者之必居於盛，後者之必居於衰也。（內篇）

又道：

且夫風雅之有正有變，其正變係乎時，謂政治風俗之由得而失，由隆而汚。此以時言詩，時有變而詩因之。時變而失正，詩變而仍不失其正。故有盛無衰，詩之源也。吾言後代之詩有正有變，其正變係乎詩，謂體格、聲調、命意、措辭新故升降之不同。此以詩言時，詩遞變而時隨之。故有漢魏六朝唐宋元明之互爲盛衰，惟變以救正之衰。故遞衰遞盛，詩之流也。（同上）

他指出詩在「相續相禪」，無日或息，就是說詩老是在「變」；其間「遞衰遞盛」，不能說在前必盛，在後必衰。而「後代之詩」「正變係乎詩」，係乎體，「詩遞變而時隨之」，所以當「以詩言時」，跟風雅正變說「以時言詩」不同。他又道：

> 或曰，「溫柔敦厚，詩教也。漢魏去古未遠，此意猶存，後此者不及也。」不知溫柔敦厚，其意也，所以爲體也，措之於用則不同。辭者，其文也，所以爲用也，返之於體則不異。漢魏之辭，有漢魏之溫柔敦厚；唐宋元之辭，有唐宋元之溫柔敦厚。……（同上）

這也就是高棅說的「審其變而歸於正，則優游敦厚之教未必無小補」，不過更爲直截了當罷了。詩體正變說經葉氏這一番闡發而大明。

歷來倡復古的都有現成的根據；主求新的卻或默而不言，或言而不備。葉氏論詩體正變，第一次給「新變」以系統的理論的基礎，值得大書特書。他說「詩之源流本末、正變盛衰，互爲循環」。「惟正有漸衰，故變能啓盛」：

> 如建安之詩，正矣，盛矣，相沿久而流於衰。後之人力大者大變，力小者小變。六朝諸詩人間能小變，而不能獨開生面。……迨開寳諸詩人始一大變。……杜甫之詩，包源流，綜正變，

……巧無不到，力無不舉，長盛於千古，不能衰，不可衰者也。……唐詩爲八代以來一大變，韓愈爲唐詩之一大變，其力大，其思雄，崛起特爲鼻祖。……愈嘗自謂「陳言之務去」。……晚唐詩人亦以陳言爲病，但無愈之才力，故日趨於尖新纖巧。至於宋，人之心手日益以啓，縱橫鉤致，發揮無餘蘊。……如蘇軾之詩，其境界皆開闢古今之所未有，天地萬物，嬉笑怒罵，無不鼓舞於筆端而適如其意之所欲出。此韓愈後一大變也，而盛極矣。自後或數十年而一變，或百餘年而一變，或一人獨自爲變，或數人而共爲變，皆變之小者也。其間或有因變而得盛者，然亦不能無因變而益衰者。（同上）

變有小大；「有因變而得盛者」，也有「因變而益衰者」。「伸正而詘變」並非全無理由；只是向來「伸正而詘變」的不加辨別，一筆抹殺，卻不合道理。這段話發揮「變」的意義最爲詳切，眞可算得「毫髮無遺憾」。葉氏竭力攻擊明代的復古派，但又似乎不願意贊助求新的公安派和竟陵派，因爲一個太率，一個太僻，他所以自闢蹊徑來論盛衰正變；他的求新的傾向其實還是跟那兩派一致的。稍後王士禎倡「神韻」，再後沈德潛倡「格調」，又都以復古爲通變。但袁枚接着倡「性靈」，翁方綱接着倡「肌理」，詩又趨向新變。直到「文學革命」而有新詩，眞是「變之極」了。新詩以抒情爲主，多少合於所謂「高風遠韻」，大概可以算得變而「歸於正」罷。

葉氏說詩的正變盛衰，「互爲循環」；又說「惟正有漸衰，故變能啓盛」，就是「循環」的注腳。在前明代王世貞也曾偶然見到這裏，他在藝苑卮言卷四中道：

> 衰中有盛，盛中有衰，各含機藏隙。盛者得衰而變之，功在創始；衰者自盛而沿之，弊由趨下。……此雖人力，自是天地間陰陽剝復之妙。

這裏論盛衰正和葉氏合拍，而語更詳。按這個說法，我們也可以說「變中有正，正中有變」。「變」本來還有「更相生」一義，見於淮南子原道篇高誘注㊀㊃，正可以用在此處。正變相生是「循環」，王世貞的話是一例。但說「循環」的倒不一定相信循環論，照原詩所說，這個環其實是越來越大的。所以變而成體，就那一體而論，變固然是好的；綜所有的體而論，這一變有加富增華之功，又是更好的。向來論「文變」的多說「變」而少說「正」，好像有變而無正似的。其實不然。他們的意思，變不一變，正也非一正；由正而變，變可以成正，但後正跟前正不一樣，所謂「措之於用則不同」，「返之於體則不異」；而這個後正又將復變，如此的循環不窮。蘇軾說韓愈出而天下之文「復歸於正」，高棅說「審其變而歸於正」，該都是變而成正的意思。這個「正——變——正」便是「文變」的程式，和德國大哲海格爾「正——反——合」的辯證法頗有相似處；而變總是有道理的，也合於他所說「凡現實的都是有道理的」。「文變」雖然兼詩文體而言，而以易傳「變」的哲學爲依據，但是六朝、隋、唐以至宋代，論「變」的都隱含「正」義，明、淸以來，更顯舉「正」名，足見還是從風雅正變說推衍而出。不過不用來解詩，而用來評詩並指示作詩門徑罷了㊀㊄。所以說這是「旁逸斜出」的發展。

*　*　*

㊀說詳拙著文選序事出於沈思義歸乎翰藻說，北京大學文科研究所油印論文之九。

㊁裴子野雕蟲論道，「淫文破典，斐爾爲功」，也是此意。

㊂詩品序，「故使文多拘忌，傷其眞美」。

㊃王弼注，「通變則无窮，故可久也」。

㊄山海經西次三經，「章莪之山……有鳥焉，……名曰畢方，……見則其邑有譌火」。郭璞注，「譌亦妖譌字」。「譌」卽「訛」字。

㊅一切經音義二十八引三蒼，「淳，濃也」。淮南子齊俗篇「澆天下之淳」許愼注，「淳，厚也」。

㊆戲爲六絕句之六，「轉益多師是汝師」，杜少陵集詳註十一。

㊇冷齋夜話卷二記沈存中（括）語：「退之詩，押韻之文耳；雖健美富贍，然終不是詩。」

㊈後山詩話，「退之以文爲詩，……雖極天下之工，要非本色」。

㊉朱子答鞏仲至書（五）有「古人之高風遠韻」一語，見集六十四。

㊀㊀朱子答鞏仲至書（四）：「嘗妄欲抄取經史諸書所載韻語，下及文選漢魏古詞，以盡乎郭景純、陶淵明之所作，自爲一編，而附於三百篇、楚辭之後，以爲詩之根本準則。」

㊀㊁錢謙益唐詩鼓吹註序：「唐人一代之詩，各有神髓，各有氣候。今以初、盛、中、晚釐爲界分，又從而判斷之曰：此爲『妙悟』，彼爲『二乘』；此爲『正宗』，彼爲『羽翼』。支離割剝，俾唐人之面目蒙冪於千載之上，而後人之心眼沈錮於千載之下。甚矣，詩之道窮也！」

㊀㊂詩辯：「論詩如論禪。漢、魏、晉與盛唐之詩，則第一義也。大歷以還之詩，則小乘禪也，已落第二義矣。晚唐之詩，則聲聞、辟支果也。」

㊀㊃「而五音之變不可勝用也」注，「變，更相生也」。

㊀㊄如唐詩品彙總敍道，「裒成一集，以爲學唐詩者之門徑」。又文中所引日知錄詩體代降條論「似」與「不似」，也是就作詩而論。